わが原爆の記

目次

第一章　消えた青空

われもまた人の子なれば、誰の死も身をさいなむ
故に問うなかれ　誰が為に鐘は鳴ると
そは汝が為の弔鐘なり
〈ジョン・ダン〉

一、閃光

空襲警報に追い立てられて、地下の防空壕に逃げ込んでからもう一時間。十時半すぎにやっと警報は解除になる。「むっ」とするすえた臭いの地下室からはい出して、二階の秘書課に戻った私は、警報解除の安堵感と連日の暑さでふらつく体をソファのうえに投げ出していた。

私の動員先は長崎県庁、配置部署は知事官房秘書課。主な仕事は二つで、一つは内務省防空総本部からくる暗号電報の解読である。各都市の空襲の被害状況を伝える暗号電文を平文に翻訳して知事に報告する。初めのうちは、「焼失家屋五万戸、被災者十万人、死者一万人」などという、あまりの被害の大きさにとまどい、単位の読み違いではない

かと何度も翻訳をやり直した。だが数字に間違いのないことが分かると、都市をしらみ潰しに破壊する米軍の凄まじいじゅうたん爆撃の実態に戦慄した。だが昭和二十年に入って空襲が日本全土に拡大し、被害がさらに増加するにつれて、数字に対する私の感覚は次第に麻痺し、夏になるともうなんの感応もなくなっていた。

いま一つの仕事は天皇、皇后両陛下の御真影《ごしんえい》（お写真）の管理と保管。御真影は県と県下の小中学校に下賜《かし》されている。祝日の四大節には講堂に奉戴して式典を行うが、小学校では日頃は奉安所に納められて、生徒は登、下校のさいに拝礼することが義務づけられていた。その御真影にもし傷でもつけたら、学校長の進退問題にもなりかねない。それだけに取り扱いには慎重を要する。だが御真影も貸与期間が長くなると当然、褐色したり、しみが生じたりする。そうした御真影は県を通じて文部省に返還し、新しい御真影の再下賜を申し出る。しかし空襲が日増しに激しくなり、焼失や破損の危険性が大きくなるにつれ、事故を恐れる文部省は言を左右にして、この「厄介もの」の受け取りをしぶっていた。その結果、県が保管を余儀なくされた御真影の数はおよそ三十枚、縦二メートル、横一・五メートルの桐の箱二箱分にもなっていた。

この格納箱は県会計課の大金庫に保管されていて、空襲警報の度に二キロ離れた立山の知事官舎に隣接する横穴式防空壕の県防衛本部に運ぶ。それを警官二名の警護のもとに自動車で運ぶのが私の任務であった。しかし空襲が激化し、搬送が頻繁になるにつれ、二十年に入ると県の御真影は防衛本部の知事室に常時保管し、文部省に返還する御真影は四キロ離れた風頭山の山頂のほこらに一括して安置された。こうしたことで、このころの私は御真影移動の任務から解放されていた。とはいえ、慢性的な人手不足と空襲による業務の中断で、日常の仕事は遅れに遅れ、多忙な日が続いていた。

この日——。昭和二十年八月九日はいつものように朝から暑い日であった。永野若松知事は防衛本部での会議に出席、野田秘書課長も随行していた。後で思えば、その会議は六日、広島に投下された原子爆弾（この時点では新型爆弾と称していた）の対策会議であった。課にいたのは柴田主任と私のほか女子職員四人だけで、私が書棚から書類を運び出して、デスクに向かった時には、時計の針はもう十一時を回っていた。

「ジー」ラジオのブザーが鈍く鳴った。アナウンサーの、もうなれっこになった無感情な声が西部軍管区の防空情報を繰り返した。

「西部軍管区情報。敵大型機二機、島原半島を西北進中……」

長崎の方向だ。緊張が走った時、私はかすかな爆音を窓外に聞いた。「敵機」——窓へ目を向けた、と同時だった。私は異様な閃光を見た。見たというより体で感じた。目のくらむような黄白色の光と顔中に火焔を吹きつけられたような熱さ。私は両手で顔を押さえてのけぞった。

直撃弾――そう直感した。瞬間、私は廊下に飛び出し、一階へ続く階段をかけ降りていた。だが爆発音がしない。「なぜだ」――動転した頭のなかを疑問が走った。地下室への階段まで走った時、横手の援護課のドアがはじけるように開くと、若い男女が転がるように飛び出してきた。そのとたん――。

「ごうー」津波のようなごう音がとどろいたと思うと、石造りの建物全体が激しく振動した。みんな一斉にその場に伏せ、目と耳を両手で覆った。目と鼓膜の損傷を防ぐため、これまで防空訓練のたびに繰り返し、教え込まれていた動作である。爆弾にこんな子どもだましの防御措置が、一体どれだけの効果があるのか疑問だったが、反射的にその姿勢をとる人々の姿は、必死なだけにむしろ滑稽に見えた。しかし、不そんな観察はほんの一瞬の間だった。次の瞬間、土壁やガラスの破片が、床にしがみついた私の全身に叩きつけるように降ってきた。目の前が真っ暗になった。耳が「がぁーん」と鳴り、天井や柱がぐるぐる回った。

全国の都市がシラミ潰しに空襲を受けているのに、巨大な造船所と軍需工場がある長崎市は、なぜかこれまで空襲らしい空襲を受けなかった。このため「長崎はキリスト教の街なのでクリスチャンのアメリカは爆撃しないのだ」という、まことしやかなデマまで流れていた。それが「とうとうやられた」のだ。「やっぱり」の思いが他人ごとのように頭脳の片隅で浮ぶと同時に、「これで死ぬのか」との戦慄が全身を走った。気がつくと、体には木片や壁土、砕かれたガラスが覆いかぶさっている。ごう音は消えたが、泥沼をかき混ぜたような埃で周囲はうす暗く、なに一つ見えない。目をやられたのかと錯覚した。

汚濁が収まるにつれ、私は呆然とした。衝立や分厚い窓枠、壊れた書類棚などが津波の後のように吹き寄せられているのに、天井から落ちてきたもろもろの落下物は、私の頭上で食い止められている。爆風で転倒したはずみに、壊れた椅子と倒れた柱の間にできたわずかな空間に奇跡的にはまり込んで、落ちてくる危険物が体の寸前で支えられていたのである。まさに奇跡だった。

だが幸運を喜んではいられなかった。「もう一度敵機がきたらどうするのだ」——恐怖心が倒れたままの全身を走り、生への本能が「ぐずぐずしては危ない」「早く逃げろ」とせきたてる。私は全身の力をこめて体を前後左右にゆすり、死物狂いで手足を動かした。そのたびに埃がもうもうとたち込めて呼吸は苦しくなり、あの閃光を浴びた顔半面がヒリヒリ痛んだ。落下物をかき分け、ガラスの破片や釘でひき裂かれながら、どうにか半地下室の入口まではい出すのに、どのくらいの時間がかかったろうか。

激しくせき込みながらハンカチで顔をぬぐうと、開襟シャツから露出した首の部分の皮膚が「ずるっ」とはげた。これが放射能による火傷と気がつくのは、ずっと後のことだった。だが、その時は精神的なショックからか、痛みはほとんど感じなかった。ハンカチで傷口を押さえながら、あたりを見回して私は息を飲んだ。重厚なたたずまいを誇っていたゴシック建築の県庁本舎は、窓という窓はすべてのガラスが破壊され、いつも掃除が行き届いていた中庭には、建物から吹き飛ばされたガラスや木切れや紙、カーテンの端切れなどが山をなして散乱している。

二、自宅へ

呆然と立ちすくんでいた私は、「岡橋さん」と呼ぶ声にわれに返った。振りむくと地下壕の角から、つい三日前に秘書課に転属になった松永さんが転がるように駆けてくる。爆発以後、初めて会った秘書課員である。

「椅子に座っていたらピカッでしょう。そしたらドアのところまで飛ばされて——。気がついて逃げ出したわ。あとの人はどうなったのか分からない」

ぼうぼうに逆立った髪をぎゅっと手で抑え、あえぎながらいう。だが、詳細なお互いの状況を語る余裕はなかった。あちらこちらの部屋から男女が、狂ったように走り出してくる。その顔はどれも恐怖におびえ切った顔だった。広場を隔てた木造建築の警察本部は、屋根瓦と窓ガラスが全部吹き飛ばされ、斜めに傾いて黄色の地肌がむき出しになっている。県庁本舎との境界の煉瓦塀はすべて押し潰され、書庫の鉄製の扉は、アメ細工のように内側にねじ曲がり、津波の跡のような残骸が広がっている。

突然、「ドドド……ダダーン」と凄まじい爆発音がして、百メートルほど右手のガソリン集積所から火炎と黄色い土煙が上がった。瞬間、みんなはじかれたように地に伏せた。空中に舞い上がった土砂が体に容赦なく落ちてくる。落下物がようやく収まった時、書庫のなかから助けを呼ぶ声がした。だれか閉じ込められているらしい。居合わせた数人が力を合わせ扉をこじ開けると、なかから老人が転がり出てきた。文書課の嘱託で、女の子に小言ばかりいい、職員たちに敬遠されていたいじわる爺さんである。動作が鈍く、昼食も小一時間はかかるスローモーなこの老人が、あの混乱の最中に百メートルを超える廊下を駆け抜けて、この書庫のなかにどのようにしてもぐり込んだのか。危急時には思わぬ力が出るという通説は、まんざらのうそではなかったと実感し、みんな顔を見合わせる。この一件は原爆という切迫した状況のなかで、私が経験したたった一つの滑稽な情景であった。

老人の救助作業が終わると、私は身をかがめながら庁舎の前の通りに出た。そこには今朝とは一変した光景が広がっていた。向かいの木造二階建ての衛生部の建屋は、西半分が潰れ、東側だけが辛ろうじて不安定な形で残っている。その衛生部と国道を隔てた民家は、軒並みにすべての瓦が地上にずり落ち、瓦を支えていた土がむき出しになっている。ついさっきまで晴れわたっていた空はどんより曇って、浦上と思われる方向の中天に、大入道のような雲が高く突っ立っている。桃色の、少し紫がかったきのこ型の不気味な雲である。だが、平地は立ちこめる塵あいと、得体の知れない煙で遠くまで見通せない。ただ、港の向こうの稲佐山だけがくっきりと浮かび上がっていた。そして何事が起こったのかわからず、ただその場を逃げることに必死の男女が右往左往している。

県庁だけが爆撃されたものと思いこんでいた私は、大通りはもちろん、見える限りの町並みが一様に被害を受けているのを見て全身がこわばった。と同時に家にいる両親の安否が脳裏に浮かんだ。私ははじかれたように県庁前の坂道を大波止へ駆け降りた。坂を降りきった電車通りには、ガラス窓を粉々に砕かれた電車が線路上に立ち往生し、ちぎれた架線が青白い火花を点滅させている。線路を挟んだ両側の建物は、同じように瓦とガラス戸が吹き飛び、あたり一面がらくたの堆積であった。通りに人影は見えず、不気味な静寂が余計に神経を高ぶらせた。

わが家は大波止の電停から長崎駅寄りの二百メートルに所にある。駆けつけた家は潰れずにあった。だが窓ガラスはわずかに枠を残すだけで四散し、戸棚はひっくりかえって入り口をふさいでいる。その下をくぐってなかに入った。両親の姿はなく、二階に駆け上がると箪笥や鏡台が散乱し、枠が吹き飛んだ窓から妙にかすんだ空がのぞいていた。「そうだ。空き地の防空壕にいるはずだ」。電車道をへだてた通りを入った井手病院の強制疎開地跡に隣組用の防空壕があり、両親は空襲警報のたびにそこに避難していた。夢中で駆けつけると「いた！」。二人とも怪我一つなく、防空頭巾をかぶって防空壕のなかに座り込んでいた。母は軒先で隣組の奥さんたちと配給物の分配をしているところに「ピカッ、ドン」とやられ、二階の雨戸がその集団の上に落ちて、何人かの人は怪我をした。しかし母は軒下にいたため、運良くカスリ傷も負わなかったという。父は階下の居間にいてこれも無事。持ち出したリュックサックには、貯金通帳や登記書類などの重要書類のほかに焼き米、缶詰、干物などの非常食も入っている。二、三日はここで様子をみて事態が収まり次第、佐賀県・北方町の親戚の家に避難する予定という。

両親の無事を確かめた私は、今後の連絡法などを確認してふたたび県庁に戻った。自宅に駆けつける時に見たあの奇怪なきのこ雲は消え、どんよりとした空が一面に広がっていた。かけ戻った県庁は——あった。

三、火災

がらくたが散乱する県庁本舎の中庭に入ると、自動車係の平吉さんが半分潰れた車庫のなかから飛んできた。その後から男が何人かやってくる。どの顔も恐怖と不安に引きつっており、まともな服装の人は誰一人いなかった。帽子のない人、シャツを引き裂かれた人、泥だらけの人。異様な風体の人々が次々に集まって、小さなグループができる。さて、これからどうする——。互いに顔を見合わせた時だった。

「火事だッ！」の叫び声。ギョッと振り向くと、庁舎中央の一番高い尖頭から赤い炎の舌がチラチラとのぞいている。

「水だ！　早くホースを！」だれかが顔中を口にしてどなった。みんなはじかれたように立ち上がった。玄関脇の消火箱からホースが引き出され、文書課と衛生課の若い課員が泥んこのホースを引きずって走った。平吉さんがバルブを開くと、水を含んだホースは蛇のようにのたうちながらふくれあがっていく。二人がかりで筒先をもって火点に水をかける。だが水圧に押されて筒先が激しく震えるのと、窓枠が邪魔になって思うように狙ったところに水が届かない。はやる気持ちとは逆に、白い煙はやがて赤い炎に変わり、バリバリと音を立てて、左右に激しく燃えひろがっていく。

「こうッー」音を立てた火の海はさらに廊下に伸びた。内政部を飲み込んだ火の手は、巻き起された風にあふられて斜面をはい、今度はホースを握りしめている私たちの方へも吹きつけてきた。「これじゃとても駄目だ。消防署へ連絡しろ」という怒声に応じて誰かが駆けだしていく。

「カン、カン、カンカン、カン、カン」突然、半鐘が狂ったように鳴りはじめた。敵機来襲の三点打の半鐘だ。一瞬、立ちすくんだ人々は次の瞬間、各々の生命を追ってアッという間に四散した。私も正門アーチのそばの退避壕に転がり込んだ。

「ぶーん」低い爆音が聞こえる。またB29だ。直撃弾を受けたら、いや、この壕は至近弾にだって耐えられまい。私は壕の底にぴったり体をくっつけて息をひそめた。だが、爆音は威圧だけをたっぷり残してやがて消えていった。気がついてみると、防空壕のなかにいるのは私一人だった。その一瞬の静寂は、つい先日の空襲警報の時のことを思い出させた。

正面玄関の車寄せで、自動車に乗ろうとしていた永野若松知事と書類を持った私は、突然の空襲警報にこの防空壕に飛び込んだ。港内の軍艦から打つ高射砲の激しい発射音と、それに交錯する爆弾の炸裂音と震動。内務省防空本部長だった永野知事は「なんとも怖いのう」と背をまるめながら言った。だが、今はたった一人で体を縮めている防空壕は、信じられないほどの静けさである。その静寂は不安を広げていく。

私に分かっているのは、私自身が助かり、両親の安全が判明したという二つのことだけである。友人や知人は助かっているのか。街や市内はどうなっているのか。県庁の火災、無残な町並みの破壊、私が置かれたこの想像を絶する現実は、一体なにが起ったというのか。実情が不明のいらだちと不安。どのくらいの時間がたったろうか。湿った壕のなかで体をすくめていた私は、敵機が去ったのを確かめると、壕の外にはい出してもう一度あたりを見渡した。

本庁舎に連なる半円形の県会議事堂は、二階がのめり込むように崩れ落ち、一階を無残に押し潰している。港の方角をすかして見たが、こちらも黒煙と埃が視界を遮ってなにも見えず、ただ太陽がぼんやりと黄色の輪郭を不気味に見せているだけだった。時間が止まったような静寂のなかで私はため息をついた。しかし、その静寂も長くは続かなかった。

四、大通りの混乱

長崎駅あたりから燃え上がった火の手は、爆風で潰された地上をなめはじめていた。その火の手に追われるように坂下から駆け上がってくる人、逆に坂上から坂下に駆け下りる人。その人々の怒号、子どもの泣き声、女の悲鳴、ガラガラと道具の崩れ落ちる音。

通りの両側の家々は悲鳴と騒音に包まれている。そうしているうちにも、危険は私たちにも迫ってきた。県庁の二階正面のドームから出た火の手は、すでに建物の両袖を赤い舌でなめ、その紅蓮の炎に包まれた庁舎から吐き出された火と煙が、容赦なく私たちに吹きつけてくる。「防衛本部に行こう」――火に追われた私はとっさにそう判断した。

県防衛本部は、立山の知事官舎奥の崖にコの字形に掘削された壕である。三つの入口があり、なかには横穴に沿って知事室のほか警察部長室、防空課、特高警察課、警務課など警察各課の部屋があり、警察電話、防空電話、鉄道電話、市内電話のほか、福岡の西部軍管区司令部、長崎憲兵隊との直通電話などの通信設備も備えた通信室もある。いわば県防空の中枢施設だけに、少々の爆弾にはビクともしない強固な壕だった。県庁から防衛本部までの距離は約二千メートル。走れば二十分とはかからない。空襲警報が発令されると、御真影を防衛本部の奉安所（知事室）に運び込むことが任務だった私は、この壕には何十回となく出入りし、道筋も内部も熟知している。私が歩き出すと、何人かの人も私について歩き出した。

だが、通いなれた防衛本部への国道はすっかり変貌し、まるで見知らぬ街だった。両側の家々はほとんどが半壊し、道にはみ出すような形で傾いている。道路には壊れた家具、机、畳、茶碗、瓦のほか、自転車の残骸までが散らばって足を奪い、散乱したガラスの破片は、歩くたびにザクザクと音をたてて砕けた。

けたたましいサイレンの音を響かせて消防自動車が一台、二台と狂ったように県庁の方に飛んでいく。「頼むゾ」とみんな一斉に消防車に手を振って激励する。振り向くと県庁は完全に火焔に包まれ、もう手の施しようもない激しさで燃え狂い、最後まで消火にあたっていた勇敢な人々も今は四散して人影はなかった。

やがて新興善国民学校の校門が見えてきた。小学生の六年間学んだ懐かしい校舎である。だが、その校舎も無残な姿に変わっていた。ガラス窓は枠ごと吹き飛び、迷彩色に塗られた校舎が灰色の空を背景に異様に鮮明に浮かんでいる。だが、救護所になった校内に一歩入ると、そこには想像に絶する光景が展開されていた。この世の地獄だった。

五、人間らんる

「痛いよーッ」

「水をくれ」

「お母チャーン」

校庭のコンクリートの上に足の踏み場もないほど並べられた重傷者の群れ。血塗れの怪我人を背負い、担ぎ込む親子兄弟たち。先を争って医者の救いを求める瀕死の人々の叫びと血の臭いで、建物は悲鳴と血潮の煮えたぎるるつぼであった。だが、校庭を通り抜けて一歩足を講堂のなかに踏み入れた時、私は一瞬、凍りついた。

そこにいたのは、怪我人や火傷者などという生やさしいものではなかった。突然巻き起こされた強烈な熱線に焼かれ、旋風に吹き寄せられた「生物の堆積」なのである。一人一人が自分の意識で避難してきたのではない。執拗な生命力にかりたてられて、無意識のうちにここまで逃げてきた「生物」であった。広い講堂にはその生物が何列も並んでいる。うずくまったもの、寝ているもの、半裸のもの、全裸のもの……。その生物の肌はどれも火傷で黒褐色に変色し、ぶよぶよにふくれ上がっている。

火傷の人は私も道々見てきた。だがここに運ばれ、床にうずくまっている人々の火傷の凄さは想像を絶するものだった。焼けただれた皮膚は暗褐色、というより腐りかけたびわの色といったほうが事実に近かった。よく見ると熟した桃の皮をはいだように、つるりと皮膚がむけている。しかもその皮膚は千切れもせず、だらりとぶら下がっているのだ。額から顔半面の皮がむけて、頬のあたりにぶらぶらしているのがある。二の腕からずるりとむけて、手首にまで垂れさがっているのもある。背中一面きれいにむけているのは、まさに屠殺された牛だった。死んだように動かぬ「肉塊」や、時々鈍くうごめく「生物」がいる。「人間」と一目で認識できる怪我人などは、ここでは影の薄い脇役でしかなかった。

私は顔をそむけて講堂の外にとび出した。そこにはさらにむごい地獄絵図が繰り広げられていた。コンクリートの校庭に寝かされている人々は、もはや素人目にも助からぬと分かる「生きた屍」ばかりである。医者の判断で助かる可能性のある負傷者の手当てが優先的に行われ、生存の見込みのない重傷者は、なんの手当ても受けることができないまま、死体と並べて放置されているのだ。

私が立ちすくんでいる間にも重傷者が次々にやってくる。担架や背負われて息も絶え絶えに担ぎ込まれ、重なりあうように倒れる人々。だが救護所に運ばれても、治療を受けることのできたのは、軽傷の幸運なごく少数の人たちだけであった。後から後から運び込まれ、なだれ込む重傷者や負傷者に、限られた医者と医療品で対応することは、しょせん不可能なことであった。医者のもとにはいよる力もなく、ただ身悶えするしかない男女、老人、そしていたいけな子どもたち……。「地獄じゃ、悪魔の仕業じゃ」――顔に血のりをべっとりつけて座りこんでいた老人がうめくようにいった。

そうした極限のなかで、傷口の消毒、縫合、包帯と看護婦を指揮しながら患者を処理していく医者の姿は感動的だった。だが、その医者も顔半分が焼けただれた負傷者だった。

突然、また半鐘がけたたましく鳴る。敵機だ。

「散って伏せるんだ」

床の上に寝かされた重傷者は何人かの土足で踏み越えられ、私も水飲場のそばの溝に体を投げ込んだ。だが、敵機来襲は防空監視員の誤認と判明して再びまたもとの校庭に戻る。ぼんやり講堂の入口に腰を下ろした私の「県防衛本部」の腕章に目をとめた中年の婦人が息を切って寄ってきた。

「食糧課の高柳をご存知ありませんか。母ですが……」

食糧部長の秘書で、美人と評判の高い高柳さんのお母さんだった。だが火災に追われ、命からがら逃げてきた私に、他人についての正確な情報があるわけがない。肩を落とす母親に私は目を伏せるしかなかった。私はよろめくようにこの地獄を後にした。

六、防衛本部

市役所の前を過ぎ、やがて桜町の交差点にさしかかる。電車通りから目に入った坂下の小川町の光景は県庁前のそれより、さらに形容し難い凄ざましさだった。駅前からの火の手は大黒町の電車通りをなめ尽くして左右に広がり、新たな火を呼んで線路伝いに坂道をはい上がっている。

その火に追われた被爆者が喪神したような顔でノロノロと歩いてくる。着ている衣類はどれもボロボロに焼け焦げている。火傷で黒褐色に変わった皮膚をだらりとぶら下げてよろめくように歩いている人もあり、血だらけの体で寄り添いながらくる女学生の一団もある。杖にすがった老婆や生気のない主婦もいた。親に手を引かれて泣きながら歩いてくる子どもたちの群れが続く。だが泣き叫ぶ子どもはまだいい。自らも火傷で半裸になった母親に抱かれ、狂気のように名を呼ぶ母の懐で、口もきけずぐったりしている焼けただれた幼児のむごい姿には息を飲んだ。近づいてきた工員がうつろな目で「救護所はどこですか」と細い声でたずねた。茂里町の製鋼工場で爆撃を受けたという。新興善国民学校を教える。

勝山国民学校の角を左折すると、立山の防衛本部は目と鼻の距離だ。爆心地から離れているためか、それとも地形の関係か、このあたりは国道筋のような凄惨な光景はない。それでも家々の瓦はずり落ち、雨戸、障子が路上に飛び散っている。知事公舎が見えると、防衛本部は坂を登ったすぐそこにある。私はほっと安堵のため息をついた。警防団員や武装した警官があわただしくすれ違う。彼らはずぶ濡れの私を見ると一様に立ち止まり、服装を上下に見下ろしてまた駆けていく。

「岡橋君」――坂の上で私は自転車に乗った顔見知りの警官に呼び止められた。御真影供奉の際、いつも警護についてくれる若い警察官である。

「ひどい格好ですね」と私を見て笑った。汗に埃、それに消火用水を頭から被った私の姿は、溝から引っ張り上げたどぶねずみそのものであった。笑った相手も泥だらけである。私たちは互いに顔を見合わせて笑った。あの爆発以来、やっと落ち着きを取り戻した笑いであった。聞くと、これから市内の警察署に連絡に行くところだという。

「爆撃と同時に警察電話が寸断されてしまい、状況不明が続いています。凄い破壊力の爆弾で防衛本部も混乱してしまって……」

と現状を手短かに話してから、急に声をひそめて言った。

「僕はこの爆弾は六日、広島に落とされた新型爆弾と同じ爆弾と思うんです」

「新型爆弾？　ですか」私は聞き返した。

「もちろん、はっきりとは分かりませんが……」と言葉は濁すが、確信のある口振りである。彼はそう言い捨てると、自転車にとび乗って坂下へ走り去った。

新型爆弾——広島に投下され、「相当の被害」を与えたというあの爆弾。新型爆弾って一体なんだ。爆弾への思いをめぐらせていると、妄想を突きとばすようにトラックが一台、側を走り過ぎていった。振り返ると後から後からトラックがやってくる。ガソリンの臭いと車上の怒号を残してみんな浦上の方向へ飛んでいく。救護隊の出動らしい。

そのごう音が私の頭脳に、つい昨日見た特高課の黒皮表紙の極秘報告書の衝撃的な文語をよみがえらせた。それは広島の新型爆弾に関する報告であった。「数千度の熱線と爆風で市内はほぼ壊滅」――。私が今、目にしている惨状は、その報告書に断片的に伝えられていた広島の被害状況とまるで二重写しではないか。

「これはただごとではないぞ」

私は爆弾の詮索から覚めた。一瞬、立ちすくんだ私は、鉄帽のあご紐を締め直しながら防衛本部に駆け込んだ。

立山町の警察学校の裏山を繰り抜いて作られた防衛本部の防空壕は、さすがにびくともしていない。ごう音を残して連絡に走り去るオートバイ。緊急資材を満載して広場を突っ走っていくトラック。ごうごうと白煙をあげて回転している発電機。その狂燥のなかを武装警官が血走った目であわただしく駆け回っている。ごった返しの混雑のなかで、人々の動きは秩序正しいように見えて、実はどこか狂気が充満していた。

課長に本庁での出来事をあらまし報告すると、私は喧騒と息苦しい壕を避けて壕の上の林のなかに入った。全身の力が抜けていくような疲労感のなかで、私は草むらに座りこんだ。突然、「わぁー」という叫び声があがり、急に辺りがさわがしくなった。浦上など市の北部地区の出先機関や、油木谷の護国神社から命からがら逃げてきた人たちがたどり着いたのである。

まともな服をつけている人は一人もいない。爆風にはぎとられたのか、熱風に焼けたのか、露出していた手足や顔は焼けただれ、ぼろ布のようになった皮膚がぶら下がっている。無傷のものはいなかった。変わり果てた同僚と抱き合って無事を確かめ合う人々。駆けつけた教学課長が「生き残りはこれだけか」と声を詰まらせた。年かさの教学課員が「自分は助かりましたが、女房を殺しました」と男泣きに泣いた。この人は城山の市営住宅に住んでいて、火に包まれた奥さんを助け出せなかったのである。女子報国隊の生徒は「友達が下敷きになっています。手を貸して下さい」と必死に頼んだが、「だれも振り向いてくれなかった」と涙声でいった。妻を友人を助ける術もなく、燃えてくる火のなかで、見殺しにしなければならなかった二人。その痛みは死ぬまで癒えまい。あまりの惨状に誰もが言葉を失っていた。私も体はガクガクで目がくらみ、今にもその場に座り込みそうになった。外傷は腕と額の火傷だけだが、あの閃光にさらされ、三時間近くも火に追われて走り回ったのだから無理はなかった。カーキー色の作業服を着た年かさの女性がコップの水を持ってきてくれた。カラカラののどを通る冷たい水のうまさ。「もう一杯下さい」という私に、その女性はほほ笑みながらかぶりをふった。水は貴重品なのだ。

第二章　爆心地を行く

ああ　マジエル様。憎みたくない敵を
殺さないでいいように、早くこの世界
がなりますように――

〈宮沢賢治〉

一、友とあう

坂の下からだれか手を振って走ってくる。後輩の梅原だ。「大丈夫だったか」と肩をたたき合って互いの無事を確かめ合う。梅原は全身ずぶぬれ。そのうえ、手も足も泥だらけだ。草の上に座りざま「ミズを下さい」という。水筒を出すと、のどを鳴らし、息もつかずに飲み干した。そしてしばらく肩で息をしていたが、少し落ち着くと興奮した口調で、これまでの逃避行を話しはじめた。

茂里町の三菱製鋼所に学徒報国隊員として出ていた彼は、部品をとりに地下壕に入っていたため、爆風も閃光を浴びずに無事。鉄骨がからみあった工場から逃げ出し、火を避けるため、電車道沿いのどぶ川を腰までつかりながら、竹久保から銭座、さらに八千代町、長崎駅を経て大波止まで逃げてきた。製鋼所は完全に破壊され、浦上地区全体が炎に包まれている。死者、負傷者は多く、その数は見当がつかないという。浦上方面は火と煙で全然行けないそうだ。彼と同期生の森田礼治の家は全滅とのこと。

私の家の近所だった彼の家は、つい一月ほど前に強制疎開を受けて、松山町の小川のそばに移転したばかりだった。後で判明したが、不幸にもそこは爆心地だった。今日、引越し荷物を整理し、祖母、父母、姉、妹、弟と家族七人で遅い朝食をとり、森田と妹の幸子さんが、動員先の三菱造船所に出勤するため、家を出た後をやられたのだ。兄妹二人を除いて家族全員が死亡。長崎駅前で森田兄妹と会ったが、夢遊病者のようにぼんやりと立っている二人に、梅原は声をかけられなかったという。数日後、家族の遺骨を探しに行った森田が焼け跡で探しあてたのは、今年の春、中学に入学した弟の帽子の記章だけだったそうだ。

梅原の避難行で被害が一番ひどいという市の北部の状況がおぼろげに分かってきた。だがそれは米原政子の安否に新たな不安を呼び起こす情報でもあった。政子の家がある山里町は、火の海という浦上の圏内にある。政子は果たして無事だろうか。猛火に包まれ、音を立てて焼け落ちる政子の家、そして血だらけで倒れている政子の姿……。不吉な妄想は頭をとらえてはなさない。私の動揺を見越したように、梅原は「米坊（ヨネボウ＝政子の愛称）の家は大丈夫ですか。浦上、山里はひどかったけど……」と不安の表情でのぞきこんだ。

「分からない。だが大丈夫と思うよ」

私はわざと強い口調で答えた。それは梅原に答えるというより、自分自身に言いきかせる言葉でもあった。落ち着いて座っていられない私は、崖を降りて壕の前の広場に立った。近隣の町村と連絡がとれたのか、日本赤十字、大村海軍病院などから救助隊のトラックが車体をきしませながら走ってくる。真新しいカーキー色の制服、軍服に身を固めた看護婦や衛生兵のきびきびした動作は、今朝からの激動に脅かされ続けてきた私たちに、このうえない信頼感を呼び起こした。その間も広場の下の国道は避難民の続く道だった。三人、五人とひと固まりになった人々が、杖にすがり、家族や友人に支えられながら歩いてくる。青白い顔をした市立高女の生徒が二人、しょんぼりと肩を寄せ合ってやってくる。そばを通る時、ぷーんと火傷の臭いが鼻をついた。

と、「おーい。岡橋さん」と、また呼ぶ声。ふりむくと二期下級の辻田彪だった。辻田の家は、私の家からさらに港に近い海岸の角にある旅館である。それがくせの、背を少し丸めて、おどり上がるような格好で駆けてくる。掩体壕《えんたいごう》の前の草の上にあぐらをかいた辻田は、今朝からの異常な経験を興奮した早口で話した。

彼は午後から出掛けるつもりで、四階の自分の部屋でカバンに本を入れていた。そこにピカッー、ガラガラときた。瞬間、彼も私と同じく、「ヤラレタ。直撃弾だ」と思ったという。目の前が真っ暗になったが意識は確かだった。両手を動かしてみると動く。体を揺すってみると少し動くが、なにかに押さえつけられている。舞い上がった埃や塵が収まり、目の前が明るくなってくると、机の前にうつぶせの姿勢で、体は上や左右から板、柱、壁でがんじがらめに押さえつけられているのが分かった。目が見えなくなったと思ったのは、土埃が立ちこめたためであることも分かった。しかし、不思議に生命の危機感はなかった。手足や体をむちゃくちゃに動かして、やっと立ち上がることができた。外に出てみて、家の四階部分がねじれて三階に突込み、部屋全体が押し潰されているのを知った。その時、はじめて「危なかった」との実感がわいたという。

辻田は私を探して県庁にきたものの、庁舎はすでに火に包まれていたので、てっきり防衛本部だと思ってやってきたという。途中、道路いっぱいに散乱したガラスや瓦の破片に悩まされ、火には追われて何度も引き返そうかと迷ったが、とにかく私にあうまではと懸命に走り続けてきた――と笑いながら、それでも興奮した口調で語った。

二、山越え

防衛本部のなかは、各警察署に連絡する通信員の大声、部下を叱咤する幹部のどなり声、各地からの防空情報を伝える女子交換手のかん高い声、走り回る靴音、それに発電機の轟音が混じって拡声器のなかのような喧騒だ。私は一番右端の知事室で、参謀室からもれてくる情報の断片に全神経を集中していた。だが、市内電話はもちろん警察電話の回線もほとんど切断されているため、市内、とくに長崎駅以北の状況はまったく不明。それが政子の安否と重なり、私をいらだたせた。

午後二時、西部軍司令部から長崎の被害状況が発表された。「目下調査中だが、比較的軽微」というものだった。「そんなバカな」と反発を覚えた。情報は被害の大きい浦上の状況をまったく伝えていない。騒音から逃れて、壕の前の草むらに辻田と二人で座り込んでいると、壕のなかから野田秘書課長が出てきて、女子課員の川崎さんが所在が分からないので、矢平町の自宅まで行って確かめてくれないかという。早速、二人で出発する。

国道通りは瓦やガラスが散乱し、両側の家屋は今にも崩壊しそうに傾いている。諏訪神社の横を通り抜け、長坂を降りて、伊良林国民学校の校庭を横切って行く。この学校にはおもに負傷した動員中学生が収容されていた。自らも傷ついた上級生らしい生徒が、血だらけの級友やいたいけな下級生を担架で運び込んでいる。新興善国民学校の騒然とした喧騒さに比べ、ここは言葉も感情も失った生徒と教師が座り込んでいる。それだけ陰惨な雰囲気が漂っていた。

川崎さんの自宅には案じられた彼女が元気な姿をみせていた。課長の伝言を伝えるとすぐに引き返す。帰りは諏訪公園を抜け、知事官舎の横を通り最短距離で帰る。知事官舎の前までくると、女中さんが顔を出して黒砂糖の塊りをくれた。帰ってくると壕の前は騒然としている。状況不明に業をにやした防空本部が、巡査部長を長とした四名ずつの偵察隊を数組、浦上に派遣するというのである。「火災の状況が分かりません」と躊躇する巡査部長に、隊長の警部が「警察官が火くらい突破できぬとは何事だ」と怒鳴った。警部の叱咤に気を取り直した彼らは背筋を伸ばし、見送る私たちに別れの挙手の敬礼を返すと、足早に去って行った。

偵察隊が出発し、静寂が戻るとまた不安が頭をもたげてくる。しかも、浦上方面から逃げてきた人々の断片的な話しをつづり合わせると、長崎駅から北の平地はもう炎の海で、浦上にはとうてい足を踏み入れられないという。とくに山里地区は絶望とのことだ。全市を巻き込む被害の凄ましさに、辻田もさすがに不安になってきたらしい。辻田の家は道の尾に別邸があって、たしかお母さんがそこに疎開しているはずだった。

「僕も道の尾まで行ってみます。母が心配ですから」

道の尾は浦上地区からさらに三キロほど北で、大村湾に出る時津への分岐点に位置している。そこへの道程は長崎市を南から北に縦断する形になり、政子の家のある山里はその道筋にあたる。「一緒に行きましょう。夜になったらとても山は越えられません」と辻田は私を促した。もうためらいはなかった。「分かった。行こう」私は答えた。

いったん心が決まると恐怖は意思の外にはじき出され、なえかけていた闘志がよみがえってくる。梅原も長崎港外の香焼島の自宅に帰るという。大波止から連絡船に乗る梅原を広場の外まで送り、「しっかりがんばろう」と励まし合い、固い握手でお互いの健闘を祈りつつ別れた。ゲートルを巻き直し、水筒に水をいっぱい入れた私たちは、ようやく影を落としはじめた太陽を背に、爆心地への第一歩を踏み出した。

立山の坂道を早足に近い速度で山へ山へと登り続ける。坂道は次第に狭くなり、けわしくなり、昨日まで青々と繁っていた甘藷《かんしょ》（サツマイモ）畑は、葉も茎もどこへとび散ったのか、丸裸になって地肌をあらわにしている。倒壊した樹木や折れた枝が道をふさぎ、正確な道筋も分からないまま、山の傾斜地をやみくもによじ登って行った。

気がつくと、お盆の夜、ちょうちんの灯をながめた墓地に迷い込んでいた。墓石はすべて将棋倒しに倒れ、中腹に建っていたおこもり堂は、倒壊して火を吹いている。後をふり返ると病院も町屋も木造家屋はすべて潰れて、濛々《もうもう》とした煙に包まれている。そのなかを友を呼ぶ声、救いを求める悲鳴が風に乗って流れてくる。道はさらに険しく、あちらこちらに人が倒れている。焼けただれて丸裸になっているもの、顔が黒くすすけて目だけ光らせているもの、衣類がずたずたに破れ、血ダルマの人には、思わず足がすくんで立ち止まる。

ふりかえると、長崎駅はもうすっかり焼けて、黒い余燼《よじん》が一面に漂っている。強行軍の疲労で今にも倒れそうになるが、政子の安否を確かめねばとの思い詰めた一念がただ足を運ばせた。私たちは無言のまま、ただ歩きに歩いた。どのくらい歩いたろうか。強烈だった太陽がようやく影を落とし、夕方の気配を感じた時、黙り込んでいた辻田が話しかけた。

「浦上はひどいようです。動員で大橋の三菱電機製作所にいた木塚の話だともうめちゃくちゃですね。あいつはちょうど防空壕に入っていて助かったそうですが、押し潰された工場から、何人もの学生や徴用工を助けたけど、火の手が四方から迫ってくるので、『助けてくれ』の叫び声を振り切って、命からがら逃げてきたと言っていました。ヨネ坊は今日は造船（三菱長崎造船所）に行ってるんですか」

「いや。今日は家にいるはずだ。二、三日前から体が悪いといって休んでいたからね」

歩きながら私は答えた。強烈だった太陽もようやく強さを失い、急速に迫ってくる夕闇が私たちをせき立てた。上りの斜面はわずかながら緩やかになったものの、熱風で焼けた畑は異常に柔らかく、焦げた芋のツルが足にまとわりつき、疲労を加速させる。どのくらい歩いたろうか。話しかける辻田の声をうわの空で聞きながら、私の心はいつの間にか政子の追憶へ飛んでいた。

三、屍と火と

活水高女の四年生だった政子と知り合ったのは、昨年の夏休みだった。黒い少し荒い髪、円らな瞳。菜っ葉色の動員服はいやだといって、星のマークの入った制服で学校に通っていた政子。対岸の三菱造船所に学徒報国隊として動員されていた彼女は、毎日私の家の前を通ることから、いつとはなく知り合ったのだった。はじめて電車のなかで逢った時は、たしか三好達治の詩集を読んでいた。そして端っこに立っている私に気付くと小さくおじきをした。頭がよくてやや不良ぎみで、同級生からも下級生からも愛されていた政子。いつも片頬にえくぼを浮かべ、お下げの髪を黒いリボンで束ねていた。

私は畑の続く上り勾配に息をはずませながら、つい一週間前の夜を思い出していた。私たちは二人で並んで大井手町の川端を歩いていた。警報下の夜は暗く、風は涼しく川面を吹いていた。私たちは寄りそいながらただ黙って歩いた。次第に激しくなってくる戦争でささくれ立ったこの国には、もう若者たちの愛を暖かく包んでくれるやさしさなどどこにもなかった。戦争……、空襲……、死の影に怯えながら生きている私たち。愛も恋もすべてがさわればすぐにバラバラに壊れてしまいそうなはかなさで咲いていた。

燈火管制の闇のなかで、月の光を受けてほの白く浮かび上がった政子の顔は、海底の人魚を思わせた。私たちは川端通りから中川沿いに歩いて行った。天の川が天空にかかり、風のわたる森のこずえがさらさらと静かに鳴っていた。私は政子を螢茶屋の電車停留所まで送って別れた。

「今度はいつ?」と深い目で私を見つめながら言った政子の笑顔。「体に気をつけてね」と電車に乗りながら、私の体を気遣ってくれたその片えくぼ……。もしかしたら政子も昼間、新興善国民学校の救護所で見た女学生のように打ち倒されているのではないか――。いやいやそんなことはない。あってたまるものか。私はあわてて不吉な妄想を払いのけた。そしたら、政子はあの赤土を大きく盛り上げた防空壕のなかで、ふるえながら私のことを心配して、小さな胸をはずませているに違いない。「きっとそうだ」――私はほほえんだ……。

微かに聞こえる声に私は現実に引き戻された。樹木が無残な姿で倒れ、その木々の間に被災者たちが体を寄せ合っている。目をこらすとそれはカトリック信徒たちだった。だがその姿は、目をおおう悲惨さだった。焼けただれた裸で倒れたまま動くこともできず、土人形のようにうなだれている人。すでに息が絶えたのか、ピクリとも動かぬ人。そこには慟哭はなく、祈りの声が低く流れているだけだった。その声の間に「お母ちゃん。痛いよう」という子どもの悲鳴が聞こえる。私たちは、ただ耳をふさいで歩いた……。

また火だ。長崎駅から国宝の興福寺をなめつくした火炎が、西坂町の家々を焼いた業火と合流して火勢を増し、この山の斜面をはい上がってくる。火と煙に追われた私たちは、やみくもに走った。やがて緑の土地が尽き、目の前に凄い光景が広がってきた。農家は目茶苦茶に破壊され、立っている家は一軒もない。すべてのものを焼き尽くした火はようやく勢いを落としたとは言え、熱気とばい煙が行く手に立ちふさがり、残火がそこここで爆発するように燃え上がる。雑嚢《ざつのう》が石のように肩に食い込み、額からしたたり落ちる汗が目をふさぎ、空気を吸いこんでも、肺に入ってくる空気は熱く、いがろっぽい。行こうとする道に火の屏風が立ちはだかった。道をかえると、うち倒された巨木が行く手をさえぎる。空き地と思って足を踏み入れると、そこは宙を掴んだ死骸の山だった。

とうとう行き止まり。切り立った崖が行く手をはばんでいる。だが、火に追い立てられた私たちに、新しい道を探す余裕などない。辻田が飛び、そして私が目を閉じて崖を飛び下りた。飛び下りた瞬間、私は黒い物体に足をとられて尻餅をついた。それは焼死体だった。もう一メートルも横に飛んでいたら、私はその死体をもろに踏みつけるところだった。ほっとする間もなく今度は煙が迫ってくる。二人とも息が詰まり、むせて話ができなくなった。ポケットのなかに防衛本部でもらった三角巾があるのに気づき、水筒の水を浸して口にあてがう。窒息だけはまぬがれたが、悪臭は消えなかった。とにかく煙から早く逃げねばならぬ。手で合図を交わすと、私たちは再び走り出した。百メートルも走ったろうか、私はまたなにかにつまづいて転倒しそうになった。目をこらすとそれも黒焦げの死体だった。二つ、三つ、点々と転がっている。息を飲んだ私は「死体を踏むんじゃないぞ」と大声で辻田に言うと、目をつむって死体をまたいだ……。

私たちは歩きに歩いた。見渡すかぎりの黒い焼野で人影もない。柔らかい土の感触が消え、靴底から熱気が伝わってくる。防衛本部を出てからもう三時間近くも歩き続けているが、燃えさかる劫火《ごうか》は屍の街に生き物のように猛り狂い、牙をむいている。体が疲れきっているが、頭は不思議と冴えていた。どこを歩いているのか、見当さえつかなかった。一体、私たちはどこにいるのだろう。ここはどこなのか。立ち止まって辺りを見回した時、私たちは闇のなかになにか〝きらっ〟と光るものを見た。目を凝らした辻田が叫んだ。

「あっ、電車線路です！」

そこだけ切り取ったように冷たい肌を見せて、青白くと光っているレール。くもの巣のように垂れ下がっている電線を払いのけながら、私たちは転がるように線路に駆け寄った。この線路に沿って行けば、終点の大橋電停につける。そこから平行する鉄道線路をたどれば、道の尾駅までは一直線だ。方向を見定めて一息ついた私たちは仰天した。私たちはいつの間にか浜口町の電停の近くまできていたのだ。目のとどくかぎり焼け野原になった焦土は距離感がつかめず、大橋の電車の終点がすぐそこに見える。この道を右に折れて山側の道をたどれば山里町。そこを二十分ほど進めば政子の家がある。だが、喜びはそのまま絶望に変わった。

見渡す限りの建物が燃え、家が崩れ落ちる地響きがする。炎がうずまき、熱風が吹きつけて息が詰まる。見上げた台地は一面火の海だった。われわれが立っている鉄道線路の右側の道路は毎日、学友と通いなれた通学路である。だが、今はその道は容赦のない火炎が猛り狂う溶鉱炉だった。本屋、時計屋、そして先生の目を盗んでよく入ったかすまき屋……。その店を右に回って坂を登れば、整然とした瓦屋根の町並みが見えるのに、今はただ炎が天を焦がし、熱風が吹きつけ、火の粉が雨のように降って、立っているだけでも熱い。どんなに私の感情が政子の家に駆けつけようと逸《はや》っても体が動かなかった。

政子の家まであといくらの距離もない。それが分かっていながら、火に阻まれてそこへ行けない悔しさ。それが奥歯をきりきり噛ませた。呆然とする私に辻田は言った。「この火ではどうにもなりません。探そうなんてとてもむちゃです。今夜は僕の家に泊まって明日探すしかないです」と私を促した。そうだ。このままここに立ちすくんだとしても一体どうなるというのだ。政子の家を目前に近づくことさえできない私は、辻田の後について歩き出すしかなかった。

四、母と子

後ろ髪を引かれるような思いで、やっと大橋の電車停留所までたどりつく。ここは市内電車の終点で、中学校に通うために毎日降り立ったところだ。だが、車庫も電車もすべて焼けて飴細工のようにねじ曲がり、焼け落ちた架線の支柱が亡霊のように突っ立っている。目ぼしい建物はなに一つもなく、鬼火のような余燼が暗闇のなかに点滅しているだけだった。枕木がブスブスと焦げている鉄橋を、暗闇のなかで手探りで渡る。橋の下の浦上川には、火に追われて飛び込んだ人の死体が、水面に重なり合って浮んでいるのが、炎の光で幽鬼のように見えた。

大橋をすぎると家屋が少なく田と畑地になったせいか、ようやく国道が姿をのぞかせ、六地蔵の踏切辺りかと推測させる。褐色の荒涼とした風景が消え、山の緑が夜目にも迫ってくる。立ち止まって深呼吸した。一息ごとに生気がよみがえるようだった。焼けていない青草が少しずつ見えはじめた。私たちは今ようやく火災と緑地に境界線にたどりついたのだ。ほっとため息をついた私たちは、改めて互いの顔を見合わせた。だがその安堵も束の間だった。鉄道線路の土手の両側には、浦上方面から逃げてきたらしい被災者が点々と倒れ、うめき声をあげている。うずくまったまま身じろぎもしない人影は、すべて死者だった。業火に追われ、土手の青い草むらを目当てに逃れてきて、遂に力尽きた人々の姿である。そしてその死体の間に動けない重傷者がうめいている。

「水ヲクレ」「助けて下さい」——。

願いと怨嗟の声は、私たちを射すくめた。だが、どうしようもない私たちはただ黙々と線路の上を通り過ぎて行くしかなかった。倒れた人々の刺すような目は今も脳裏に焼きつき、私をさいなむ。屍臭の道をやっとくぐり抜け、踏切りの番小屋の前に立って、今きた市内の方角を振り返った。暗夜の空を染めて火柱が立ち、巨大な火山の噴火口を見ているような凄惨さは、とても昼間の比ではなかった。銀河が輝いている夜空と地上の惨禍との不気味なコントラストは、原始時代の自然の荘厳さを幻想させ、私は今の逃避行の身をあやふく忘れそうになった。

やがて、夜目にも濃い緑の木立ちが懐かしいもののように私たちの目に映えた。ここはもう道の尾なのだ。歩き通しの足は、ともするともつれそうになったが、目的地に着いた喜びに胸がはずむ。見覚えのある垣根が見え、やがて夏休みの一日、お世話になった平屋の一軒家が近くなってくると、辻田がこらえ切れなくなったように駆け出して行った。辻田の家は高台にあるためか、屋内はかなりの被害を受けているようだったが、暗闇のなかではっきりしたことは分からなかった。台所の方だけがボーッと明るい。「お母さん」――その灯影に辻田が呼びかけると、「あッ、彪ちゃん」と辻田のお母さんが裸足で飛び出してきた。死線を越えて母のもとに駆け寄ってきた子――。そしてそれを抱きとめた母。しっかりと抱き合った母子の姿は感動的な光景であった。

「よかった。本当によかった。無事で……」

お母さんはポロポロと涙を流して、汚れ切った辻田を見ていたが、やがてそばにたたずんでいる私を認めて、「まあ、岡橋さんも。どうぞお入り下さい」と家のなかに招じてくれる。息子の無事に喜びを隠し切れないお母さんは、飛び入りの私まで喜んでもてなすのだった。

市街地から一里以上も離れたこの土地も予想以上の被害を受けている。隣家の納屋も半壊状態で、それに黒い雨も降ったという。「おなかがすいたでしょう」と、辻田のお母さんが白米のご飯となすの漬物を持ってこられた。防衛本部でもらった握り飯の昼飯以来、なにも食べていない私には美味しかった。食事がすんだのはもう午前一時を回っていた。お母さんと辻田、そして私の、それぞれの恐ろしかった体験談が一通り終わると、私たちは寝ることにした。座敷に散乱した家具を片付けて寝るだけの空間を作り、大きなカヤを張って、そのなかに服を着たまま雑魚寝する。

ローソクを消すと市内の方角はボーッと赤く明るく、大きく穴の開いた天井から星がキラキラとまたたいている。辻田母子は床につくと、すぐ健康そうな寝息を立てはじめた。だが、私はなかなか寝つけなかった。とろとろとまどろむと今日、救護所で見た黒焦げの死体や火傷にもがく人々の姿が目に浮かぶ。線路の土手で救いを求めて手を差し出した人、大橋の鉄橋の下のぐちゃぐちゃになって浮かんでいた焼死体が出てくる。いたるところに転がっていた虫の息の重傷者が現れ、血まれの女学生の姿がちらつく。そして、それがいつの間にか政子にすり変わっているのだった。

どうしても寝つけない私は、二人の眠りをさまだけないように、そっと起きて縁側に出た。一人ポツリと柱に寄りかかって、これまで通ってきた方角の空を見上げると、市街の空は真っ赤に染まっている。あの業火のなかで、政子は必死に救いを求めているかもしれない。火と熱に妨けられて近寄れなかったとはいえ、政子の家を目の前にしながら、こうして安全地帯に逃げこんだ自分が許せなかった。その罪の意識に私は唇をかんだ。

第三章　死の街を行く

闇を知らぬものは――ほんとうに賢くない
逃れ難くかすかに――全てのものから自分を隔てる闇を
〈ヘッセ〉

一、廃城の街

トロトロとまどろむと昼間、わが子、わが父母、肉親の名を呼び続ける人々の悲痛な叫びが聞こえてくる。寝つかれぬまま何度も寝返りをうった私が、浅い眠りから覚めたのは明け方近くだった。田園の夜明けは昨日の狂乱がうそのようなさわやかさだった。庭に出て井戸水を汲み、顔と上半身をふくと、澄んだ水の冷たさが、昨日からの汗とほこりにまみれた皮膚に心地よくしみた。服を着てゲートルを巻くと、食事の用意ができていた。考えるとあの閃光以後、食事らしい食事はとっていない。鉄鍋から立ちのぼる味噌汁と麦飯の朝食は食欲をそそった。

食事が終わり、支度を整え、編上靴のひもを結ぶ。戦闘帽を目深にかぶる手に思わず力が入った。辻田のお母さんが貴重な乾パン一袋とキャラメルをポケットに入れてくれる。暖かい心遣いに胸が熱くなった。この平和なひと時の後、私の行く手にはどんな困難や危険が待ち構えているのか分からない。私と同行するという辻田の友情に深く感謝しながら断り、お母さんに厚くお礼を述べて、輝きはじめた太陽を背に私は市街地へ向かった。

昨夜きた道を今日は逆に歩いて行く。郊外の焼け残った樹木の緑が目にしみる。私の目は昨日一日、見続けてきた血と炎を忘却すべくその緑を吸い込んだ。だが、その平和な田園風景も長くは続かなかった。太陽が高くなるにつれ、すがすがしい朝の風は消えて、昨日にも増した酷暑が襲ってくる。やがて緑の野は、赤褐色に焼け焦げた大地に変貌した。昨日、暗夜ではっきり見えなかったが、三菱兵器工場を中心に広がっている工場街に入ると、あらゆる建物は焼け落ち、空洞になったコンクリートの塊りと鉄骨が瓦礫の野に延々と横たわっている。

市街に近づくとそこは地獄の入り口だった。道の両側には黒焦げになった死体が散乱し、ぼろきれのように捨てられている。街に向かう通行人の群れも次第に数を増した。肉親、知人を探しに近郊からきた人たちだろう。その人たちに比べ、市街地から流れ出してくる避難者の姿は目を覆う凄まじさだった。男も女も焼けただれた褐色の皮膚をあらわに、半裸の体にぼろぼろになった布をまとい、よろめきながらやってくる。昨日、家まで帰ることのできなかった人々が、家と家族を求めてはいずってくるのだ。時おり通るトラックの警笛や怒号にも無感覚で、幽鬼のように歩いてくる。肉親だろうか、動かない人を乗せた戸板や大八車が黙々と横を通りすぎて行く。友か、知人がいるのではないかと歩きながら注意して見るが、悪夢のなかの影のように見極めはできなかった。

　大橋まできた。鉄橋は右にぐらりと大きく傾き、枕木がところどころくすぶっている。昨夜は暗闇のなかを向こうみずに渡ったこの鉄橋は、今日は四つんばいになって渡る。満潮に近い川は、水が川上に向かってゆるやかに流れている。そしてその流れに死体が上流にも下流にも浮き、真下の橋脚にもいくつも引っかかっている。だが、そこはまだ地獄の入り口だった。

　鉄橋を渡り終えて電車線路の上に出ると、昨日は暗闇で見えなかった地獄図絵が広がっている。線路には木製の電車が車輪を残すだけの姿で焼け落ち、乗降口に片足をかけた姿で焼け死んでいる人、床が焼け落ちた車内には死体が折り重なっている。線路沿いには死体が点々と続き、荷車を引いたままの姿で、はらわたがとびだして死亡している馬のそばには、馭者《ぎょしゃ》らしい人が引き綱をにぎったまま死んでいた。見渡す限りの焦土に人影はほとんどなく、路上に残っているのは、動かぬ死体と動けぬ重傷者だけである。家屋の残火はいたるところで思い出したように小さな炎と煙をあげ、その熱気に灼熱した太陽が頭上から呼応して、耐え難い暑さを呼ぶ。

二、新型爆弾の正体

岡町の電停前まできた時、また爆音。神経過敏になっている人たちは、いっせいに畑に飛び下りて伏せる。白い飛行機雲を引いたB29がはるか上空を悠々と飛んでいる。息をひそめる人々に退避を伝える半鐘が響いた。だが、今さらどこに退避せよというのか、私は白けた気持ちで鐘の音を聞いた。すぐ側に伏せていた農家のおばさんたちが、かん高い声でしゃべっている。

「うちの人が昨日、街から逃げてきたばってん、市内はもう焼け野原だって」

「ひどか怪我じゃったばい。隣の子どもさん。背中一面の火傷でさ」

「いったい、どげん爆弾だったのじゃろか」

被爆以来、正確な情報をまったく知らされないのも大きな不安だったが、このおばさんたちの言うとおり、なにより新型爆弾の正体不明が、私たちを恐怖へ追いやっていた。

と、その時、私の隣に伏せている二人連れの話が耳に入った。

「すごい爆弾だったな。B29がたった一機でやったんだ。大学は全滅だ。助かったのは、サボって学校を休んでいた連中だけさ」

「そうだってね。なにがさいわいするか分かりゃしないよ。あの爆弾は間違いなく原子爆弾だよ。爆心地は松山町だそうだ」

えッ、原子爆弾！　ぎょっとした私はその二人を見た。長崎医科大学報国隊の腕章をつけた若い医師らしい人たちである。背にはリュックを背負い、肩から赤十字のマークのついた雑のうを下げている。

原子爆弾——確かにこの人たちはそう言った。新型爆弾の正体は原子爆弾だったのか。立ちすくんだ私は、大急ぎで原子力についてこれまで聞きかじった話や、本などで読んだ記憶を引きずり出して、懸命につづり合わせた。

「マッチ箱一つばかりの分量で富士山を吹き飛ばす」「一発あれば軍艦など十隻くらいわけなく木葉微塵にする」……。

いつか少年冒険雑誌で読んだ文句がグローズアップしてくる。昨日、防衛本部で若い警察官が言った新型爆弾についての意味深長な言葉も思い出された。私は改めて市街地一帯のどす黒い焼け跡と破壊し尽くされた廃城の実態を眺めて身ぶるいした。きれぎれの知識をつなぎ合わせて、昨日からの体験と照らし合わせてみると、理論は別として、見たり、感じたりした現象的事実はおおよそ矛盾なく納得できるではないか。私は私自身がこれまで経験した空襲の爆弾、焼夷弾攻撃の体験も反すうしてみた。だが、たった一発の炸裂で、この爆弾は一つの街を完全な焼け野原にしている。数十回の空襲も及びもつかない破壊力と被害の凄まじさ。それは原子爆弾以外にありえない。背筋が冷たくなった私はあわてて立ち上がり、廃城のなかを追い立てられるように歩いた。

原子爆弾だ。普通の爆弾ではない。もしかしたら政子も……。締めつけるような不安が頭のなかを駆けめぐった。その不安がいっそう私をせき立てた。やがて通学で見慣れた松山町。だが、いらか（瓦ぶきの屋根）を並べていた町並みは一軒残らず焼け落ち、ただ市営グランドの四百メートルトラックと相撲場の土俵がそれと分かる型を残しているだけだった。城山国民学校の鉄筋コンクリートの校舎は、爆風のせいか側壁がくの字にくぼんだ形でねじ折れ、赤茶けた丘の上に辛うじて立っている。その高台の下に整然と並んでいた市営の文化住宅は跡形もなく消え、ただ焼け焦げた裸の立ち木がまばらに黒い幹をとどめているだけだった。

その焼け跡をあてもなくさまよい歩いている人がいる。そのほとんどが家族を求めて歩いていることは明らかだった。仕事に出ていたに違いない父親は、かつてあった家の方向に向かい、子どもを抱いた母親は夫の身を案じながらよろよろと歩いている。

松山町から「下の川」へ出る。次第に目的地に近づくにつれ、昨日から持ち続けた期待が、いかに現実を無視した妄想であったか、という事実を私は否応なしに思い知らされた。下の川から浜口町の山手一円は、何一つ目をさえぎるものはなく、瓦礫のなかに国道が不気味な白さで浮かんでいる。飛び散った瓦の表面は高熱で溶け、ちりめんのようなツブツブの皺になっている。この地区に生活していた人たちは、街といっしょに肉も骨も瞬時に蒸発してしまったのだ。肩からカバンをかけた老婆が一人、腰をかがめて黒焦げの死体をのぞき込んで、誰かを探している。子であろうか、孫であろうか。土をかく素手の指は赤く血がにじんでいる。焼け跡の焦げた木材を細い手で押しのけながら、探し求めているその横顔に刻みこまれた悲しみの皺。私はその老婆の姿を直視できず、顔をそむけて離れた。

三、叫び求めて

山里町。政子の家がある家並みは、小高い坂を登ればすぐそこに見えるはず……だった。だが坂を駆け上がった私は息を飲んだ。なにもないのだ。ただ音のない平地が広がり、瓦礫の稜線が黒々と伸びているだけである。人の気配はまるでなく、文字通りの死の静寂だった。あたりにはなんとも言えぬ臭気がたち込めている。やはり、あのピカドンの一撃で、政子の家も浦上地区のほとんどの家と同じくたたき潰され、業火のなかに焼け果ててしまったのだ。はりつめた気力が全身からすっと抜けていくのを感じた。だが私は、その場に座り込む余裕はなかった。気を取り直した私はのどをやっと開いた。

「ヨネ坊！」

「誰かいないのか。いたら返事をしてくれ」

　だがその声は、焼け落ちた荒れ野の上をむなしく消えていった。あたり一面の人影は見えず、ただ黒々とした空間が広がっているばかりである。残り火のくすぶりが昨夜の猛火のあとをしのばせながら、時々爆発するように燃え上がる。見覚えのある緑の芝生、ばらの垣根……。何一つない。草も花も立ち木も家屋もすべて黒い土くれと瓦礫に還元してしまっている。褐色の広々とした平地を太陽が容赦なく照りつけ、立っているのがやっとだった。崩れ落ちた壁が土手のように続いているそばに、コンクリート製の防火用水桶が半壊で水をたたえ、そのなかを金魚が泳いでいた。生きて動いている物はただそれだけだった。道々に見たあの焼死体のように政子も……。全身の力が足もとから抜けていく私は、ぼう然と突っ立ったまま、金魚の動く口許をみていた。

　どれくらいの時間が流れたろうか。とその時、私は妙なことに気がついた。政子が死んだとしたら死体はどこにあるのだ。私ははじかれたように立ち上がって辺りを見回した。そうだ。死んでいるのなら、この焼け跡のどこかに死体があるはずだ。死体を探すのだ。死体が見つからねば政子は生きている！

きょろきょろと辺りを見回した私は、折れたシャベルを発見すると、焼け跡の土を手あたり次第に掘り返した。箪笥、茶棚、本箱……。シャベルの先に見覚えのある品々の焼け焦げた残骸が次々に現れる。政子の見なれた黒い手さげカバン。思わず目をつむった。死体を求めて必死に土を掘り返す手の動きとは逆に、私の心は「死体よ、出るな、現れるな」と心で叫び続けるのだった。

地面を探し回る私の目に、十メートルほど先にうつ伏せに倒れている人影が入った。かけよると政子の隣家の奥さんだった。防空壕のそばまでにじり寄った姿勢のまま死んでいる。上半身は黒焦げになり、顔半分の骨があらわの凄まじい姿だった。

「政子もこんな姿になっているのか」――心臓が激しく鼓動する。その心をくじけては駄目だ、がんばるのだと励まし続ける。だが私を支えている希望の灯は、次々に吹き消されていった。政子の部屋らしい焼け跡から手鏡、英語のリーダー、大切にしていた中原中也の詩集などの品々が、次々に現れて私の胸を締めつけた。隣家との境界辺りで子どもの焼死体を発見した。小さく縮んでしまった黒焦げの死体……。悲しみと怒りが胸いっぱいに広がっていく。そうした地上の惨禍をギラギラした太陽があざ笑うように強烈に照りつける。

茶の間から台所、そして物置までたん念に探し回るが、政子の死体らしいものはどこにもない。もしやと最後に石垣の横の防空壕に入った。大声で呼びかけたが真っ暗な壕からは返事はなく、なかには私が預けた書籍が箱に入ったままの形で残っていた。黒焦げの焼け土のなかで、白く生々しい書物の肌は不吉な幻想を起こさせた。しかし、政子の姿はどこにも見当たらなかった。それは政子が助かっている希望を予想させる事実でもあった。

と、ふっと目の前に人影が立った。顔を上げると、頭に包帯を巻いた女の子が立っている。一瞬、誰かといぶかったが、政子と同級生の田川秀子だった。お澄し屋の女学生だったが、今は焼野原で知人に逢った喜びに震えている。彼女は言った。

「私は、昨日は岩屋の伯母の所にいたの。昼前にここにきて、倒れていたヨネ坊に逢ったわ。ヨネ坊は家の下敷きになって……。やっとはい出した時はもう一面の火の海。もうひどい火傷で……。火が吹きつけてきたので『山に逃げよう』と言ったら、『私は動けないからあなただけ逃げて』って泣きながら言ったわ。私はどうしたらいいのか、オロオロしていたら、ちょうど三菱の工員さんが通りかかったので、頼んで穴弘坊山までかついで行ってもらったの。ヨネと別れる時、『元気を出すのよ』と言ったら、『みんな死んで、生き残ったのは私一人だけ』って泣いていたわ。かわいそうに……」

とぎれとぎれに語るデコちゃんの話は胸につき刺さった。瀕死の重傷を負い、一人ぽっちで山に運ばれていった政子……。山あいで太陽の熱にさらされながら、もだえ苦しんでいる政子の姿が目に浮かんでくる。身震いした私はデコちゃんの手をとった。

「デコちゃんありがとう。すぐ政子を探しにいくよ」

肩からかけた荷物袋を締め直した私は山の方を振り向いた。灼熱の太陽のもとにくっきりと浮かんだ穴弘坊山の稜線がまぶしく目に映った。

第四章　めぐりあい

もし人間が神のために作られたのならば
なぜこんなに神に逆らっているのだろう
〈パンセ〉

一、屍臭の丘

昼近くの太陽がぎらぎらと照りつける。だが私はまだ政子を探し出していない。もう一時間もこの山の斜面を探し回っているというのに――。山かげの木立ちのなかに急造された救護所らしいところへも聞いてみた。点々と座り込んでいる人たちにも尋ねてみた。だが、政子の行方は分からない。もしや――の不安が頭のなかを駆けめぐる。山の上には浦上地区から逃げてきたらしい人々が、あちらこちらに固まりあって群れをなしている。荷物らしい荷物を持っている人はほとんどなく、男も女も着のみ着のままだ。みんなあの爆風と熱線に吹きまくられ、体一つで逃げ出してきた人ばかりなのだ。モンぺに裸足の女、地下足袋の男、ゲートルに靴の男もいたが、これは恐らく付近の疎開家屋の取り片付け作業に従事していたのだろう。血に汚れた包帯で手足をぎりぎり巻きにした人もいる。痛みにうめいている人もいる。

だがほとんどの人は大地に腰を下ろしたまま、案山子《かかし》のように市街の方角を見下ろしている。それは見ているというより、目に映る映像を映るにまかせているといった格好だった。頭上からジリジリと照りつける真夏の太陽の熱さと、昨日からの絶後の経験で、人々は思考能力を失ってしまっているのだ。その案山子の群れの間をのろのろと歩きまわっている人々がいる。私と同様に肉親や友人、恋人を探している人々であった。

「城山の寺田サーン」

「市立高女の引地さんはいないか」

「オカアーサン」

「オネエーチヤン」

遠くで切れ切れに呼ぶ声がする。子どもの涙声も聞こえてくる。その声に応ずるものもあったが、多くは空しいこだまとなって消えていった。それが私をいっそう焦燥にかりたてた。緑色に偽装された救護所の付近には、屍臭のただよう死亡者に混じって動けない重傷者が何十人も転がされていた。火傷にみるかげもなく崩れた顔、包帯や薬で変貌しきった人の姿は、どれもが土人形のように見えて識別するのが難しかった。その土人形を踏みつけないよう気をつけながら、私は腰をかがめて一人一人顔をのぞき込んでいった。

私が顔を近づけると顔をそむけて目を閉じている人もあれば、横をむいたまま見返りもしない人もいた。その恨めし気なまなざしには胸をえぐられた。この人たちは昨夜から他人にのぞかれる経験を何十回となく繰り返したのだろう。そして、近づけられる顔に肉親や知人の顔を待ちわびていたのに違いない。だがその度に期待は裏切られ、望みはかき消されたのだ。そしてこの人たちには一夜が過ぎ、二日目の昼が訪れている。

どの人の枕もとにも炊き出しの白いお握りが一つ二つ転がっている。だがこの人たちが求め続けているのは、肉体の飢えではなく、魂のかわきをいやす肉親、友人の愛に違いない。しかし、その期待と希望は裏切られ続けてきたのだ。絶望と怨恨にあふれたこの土人形の列に、私はもう一度触れることはたまらない気持ちだった。でも、私は政子を探さねばならない。政子の名を呼びながらまた一回りした。だが、その姿はどこにも見えなかった。もう山のすみからすみまで探しつくしたのだ。

林のはしには焼け残りの戸板や担架がほうり出され、その上には素人目にも助からないと分かる重傷者が並べられていた。それは「救護所」でなく、生きた屍の「収容所」だった。一体、政子はどこにいるのだろうか。

「ああ。もう駄目か」――尋ねあぐみ、絶望した私は情然と辺りを見回し、黒い立ち木の向こうを見たとたん、

「あッ、ヨネ坊！」

いた！　いたのだ。私は奇跡ではないかとわが目を疑った。草色の毛布の上に横たわっているまごうかたない政子の姿。一散にかけより、飛びついてその体を揺さぶった。

「どうした。ヨネちゃん。僕だよ」

返事がない。力いっぱい揺さぶったが、ぐったりと抵抗のない体。だが死んでいるのではない。体が暖かい。脈拍をみた。ドック、ドックと響く。軽く閉じた目、顔の右半分にはどす黒い血糊がべっとりくっついている。背中に目を移した瞬間、私は思わず息を飲んだ。カーキー色の上着はずたずたに千切れて、露出した皮膚は黒く焼けただれ、正常な皮膚の機能を失っている。

「しっかりするんだ。僕だよ。分かるかい」

私の声は声になっただろうか。生きるんだ。生きるんだよ。私は必死に政子の名を呼び続けた。だが、目を閉じたままの蒼白な顔。なんらかの救いを得ようと必死にあたりを見回したが、救護所から医師を連れてくるのは不可能だった。救護所には杖にすがり、肉親に背負われた負傷者や重傷者が、長蛇の列を作って治療の順番を待っているのだ。どこかに医者はいないのか、薬はないのか。どうしたらよいのか。私はただ政子の手を握りしめるばかりだった。血まなこになって辺りを見回した私の目に、二十メートルほど先に医大救護隊の腕章をつけた医師と看護婦がこちらにやってくるのが映った。ちゅうちょする余裕などなかった。飛んでいった私は「お願います。先生、なんとかして下さい。もう死にそうなのです」と夢中で取りすがった。看護婦は「先生は診なくてはならない人がたさんいるのです」と早口で言ったが、医師は私の必死の形相にたじろいたのか、看護婦の声をさえぎって政子の方へ近づいた。

「これはひどい」。政子の体をあらためた医師は、眉をひそめて肩からバッグを下ろすと看護婦に広げさせた。なにやら、鋭い医薬用語のドイツ語が先生の口から出るたびに、看護婦の手から医師の手にメスやハサミが渡っていく。焼けただれた皮膚の上にたらされた消毒薬が白い泡となってたぎった。死んだように目を閉じたきりの政子。そして、食いつくように医師の手もとを見つめている私。焼けて黒ずんだ皮膚がハサミで切り取られ、白いこう薬をのばしたガーゼがはられ、包帯が巻かれた。

「痛いよう」政子の唇がかすかに開き、つぶやくような声がもれた。やっと気がついたのだ！

「ヨネ坊。しっかりするんだ。僕だよ」

力いっぱい、政子の手を握りしめた。だが、なんと力のない手だろう。どのくらいの時間が経ったろうか。遠い空を眺めているような政子の瞳が次第に私の目に焦点が合うと、弱々しい声でいった。

「ピカッーって光ったの。そしたらもう分からなくなったの。家の庭先で……」

細いが、それは精一杯の声だった。

「ひどかったね。でももう大丈夫だよ」

顔を寄せながらほほ笑みかけると、

「ええ。もう逢えないかと思ったわ」とうなずきながら、いつもの笑顔を作ろうとするのが胸につき刺さった。

「ニイチャン」

同時に隣家の坊やの隆ちゃん（五歳）が飛び出してしがみついてきた。政子の家の隣で母を失った彼は、政子と一緒にこの救護所に連れてこられてたのである。小さな彼は矢つぎばやに恐ろしかった経験談を話した。

「庭で遊んでいたら、爆音がしてお姉ちゃんが『あぶないから早く入りなさい』ってボクを防空壕のなかに入れてくれたの。それからお姉ちゃんはボクたちの荷物を取ってくるって、家のなかに入って荷物を持って防空壕の入口まできた時、ピカッーと光ってひどか音のして、家が燃えはじめたの……」

隆ちゃんは興奮して笑った。ズボンは破れていたが、ズックの靴をはき、頭にはしっかりと防空頭巾をかぶっている。屍がそこここに散乱し、悲痛な空気に包まれた広場で、この一角だけが息を吹き返した感じだった。

二、善意の人々

柱の下敷きになっていた政子を助け出し、隆ちゃんと二人をこの山まで運んでくれた三菱兵器の若い工員が私たちの姿を見つけてやってきた。なんといってお礼を言ったらよいのか、言葉を失った私は今朝がた、辻田のお母さんからもらったキャラメルを思い出してポケットから取り出し、わずかばかりの謝意を表した。みんな政子と同じ年頃の少年ばかりである。そのなかの年かさの少年が私が差し出したキャラメルにはにかみながら、ポツリポツリと話し出した。

「私たちも工場の防空壕で爆撃を受けて逃げ出し、火の治まるを待ってこの山に避難したのですが、途中の山里であの女学生が倒れているのを見つけて、みんなで運んできたのです」

言葉は少ないが、素朴で飾り気のない口調が私の感情をゆさぶった。やがて、たった一箱のキャラメルを私の心ばかりの感謝の表現として受け取ってくれた彼等は、笑顔を投げながら広場を離れていった。私はこの人たちの澄んだ瞳を今でも忘れることはできない。一生の間に二度と会うこともない通りすがりの人から示された暖かい思いやりは、私の胸に永遠に消えることのない光を灯してくれたのだった。

政子を見出だした私の最初の仕事は、まず炎天下にさらされている政子を安全で静かな日かげに運ぶことだった。防空頭巾をしっかりとかぶり、カバンを両肩からかけた隆ちゃんを励ましながら、私は政子を背に負い、青い木の葉がわずかに残る木立ちを目指して歩いた。包帯に埋まった政子は私に背負われながら、痛みを増す背の火傷に、「ごめんね。ごめんね」とあやまりながら「あッ。痛い……」とうめいて、あえぐように息をするのだった。騒々しい救護所から少し離れた木立ちを私は選んだ。苦しむ政子を幾分でも楽にするために、政子の家の焼け跡に引き返し、焼け残った夏布団を拾ってきて木陰に広げ、政子を横たえる。左ほほと左半身を焼き徹された政子は、苦しみながらも「昨日から駆けづくめでしょう。少し休んでね。私はもう大丈夫よ」と私の体を気づかうのだった。

布団を敷き、シーツで日覆いを作り、形ばかりの休息地ができると、次の仕事は三名の生命を支える食糧の確保だった。また瓦礫の道を踏みしめて政子の家に引き返し、柄の焼けたショベルが見つけて、半壊の地下壕を汗だくになって掘り起こした。倉庫のなかからは米、塩、メリケン粉、スルメ、味噌、マッチ、缶詰など食料品が次々に現れる。

緊急事態の今、なによりの頼みの綱だった。

広場には家族と再会できた人が集まって、次第にグループができあがる。死者と怪我人で重苦しい雰囲気のこの広場で、この一角だけが生きて動きはじめた。元気のいい何人かは、負傷者のために日陰を作り、飯を炊き、ぎりめしをこしらえ、負傷者の世話をしている。照りつける太陽と地熱にあえぐ負傷者たちは、一様に「水、水」と水を欲しがる。飲ませていいものかどうか。重傷者に水を与えると死ぬという伝えを思い出し判断に迷うが、焼けただれ、この世の人とも思えない人に「一口飲ませて」「死んでもいいから」とすがられると、ふりきる無慈悲はできなかった。「喉をしめすだけですよ」と恐る恐るコップを口によせてやると、むさぼるように飲み干してしまう。

負傷者の間を動き回っている人たちは浦上地区の信者たちだった。ほとんどが自分の家を焼かれ、家族を傷つけられ、失った人たちである。それなのに各々の悲しみを払いのけて、かいがいしく救護にあたっているのだ。日頃、強がっていた警察や警防団などはどこにいるのだろう。私は信仰に生きている人の強さと美しさをこの人たちの上に見た。感謝の気持ちと同時に、「私たちにはまだ心強い仲間がいるのだ」――私は新たな闘志が体内に沸きあがるのを覚えた。

三、天主堂焼ゆ

活動に時間の経つのを忘れているうちに、いつの間にか暮色が迫っている。夏の暮れは遅いかわりに、闇は急速に落ちてくる。夜空は今日も美しく晴れわたっていた。痛みにうめく政子を「しっかりするんだよ。明日はまたお医者さんに診せてあげるからね」と励ましながら、右手の団扇で絶え間なく蚊群を追う。「お父さんに会いたい」とぐずっていた隆ちゃんも私のそばで寝入っている。むっと澱んでいた辺りの空気が幾分澄んで、蚊も少なくなってきた時はもう夜半だった。青白い月光は「面荒れ果ててしまった地上を不気味に照らしている。その光りのなかに黒焦げの死体が浮かび、底しれぬ静寂が四囲を覆い、物音一つしない世界が広がっている。昼間忘れかけていたもろもろの思いが夜の訪れとともにこみ上げてくる。この荒漠たる廃堀に残された私たちは、これからどうなるのだろう。辺りを見回した私は思わず息をのんだ。

「天主堂が燃えている！」

東の小高い丘の上の浦上天主堂が燃えている。炎が生き物のように舌を出し、赤い煉瓦の建物を浮かび上がらせている。

一六世紀から二百五十年にわたるキリスト教弾圧の末、明治元年（一八六八年）の最後の迫害で、浦上全村の信者三千四百人が全国各地に流刑された。世に言う「浦上四番崩れ」である。

明治の開国後、外国使節団の厳しい抗議でキリスト禁教令が廃止され、生き残った二千八百人が浦上に帰ったのは明治六年の春だった。戻ってきた信者たちは、赤煉瓦を一枚、一枚、自らの手で積み上げ、三十年もの長い奉仕をかけて念願の天主堂を建設した。それが浦上天主堂である。浦上のキリスト教徒の血と涙の結晶であるこの天主堂は、カトリック教徒だけでなく、長崎の誇りでもあった。

浦上天主堂への思い出はつきない。日曜日の朝早く、ミサに集まる信徒たちが、真白のヴェールをはおって坂を登って行く後姿。修道女が冬にまとうぶどう酒色の服は、冬枯れの石垣や和らいだ光に映えていた。ある日、クリスチャンの政子にともなわれて入った聖堂はうす暗かったが、聖壇のキリストとマリア像の前にひざまづいて祈る黒衣の童女の姿は美しかった。早朝、稲佐岳の連なる山あいを通り抜けた日の光は、天主堂の十字架を荘厳な黄金色に染め上げ、例えようもなく美しかった。朝夕澄んだ音色を伝えていたアンゼラスの鐘も忘れえぬ響きだった。だがその鐘の音も戦争の深まりとともに、いつごろからか聞こえなくなった……。

見上げると、地上の惨禍を知らぬ気に夜空は満天だった。漆黒の布地にちりばめたダイヤモンドのように数千もの星が輝いている。北斗星が周りの群星より離れて大きく、瑞々しい光を放ちながら、荒漠とした地上を見下ろしている。その大地には葉を引きむしられ、幹だけになった木々が幽鬼のように広がり、倒壊した建物がおぼろげな輪郭を浮かび上がらせている。重傷にあえぐ政子と子どもを抱え、焼け落ちる天主堂の炎を見詰めながら私は思った。私たちはまぎれもなく地獄にいるのだと……。

第五章　死の影

アア　オ父サン　オ母サン
早ク夜ガ　アケナイカシラ
〈原　民喜〉

一、救護所

傷つける人、死んだ人、瀕死にうめく人、元気な者がそれらと草むらの上で隣り合わせに寝ているのだ。眠れるはずがない。トロトロとまどろんだだけで、三日目の朝は早くも明けた。肩で息をしている政子を背負い、山陰に設置された救護隊の草色のテントに連れて行く。まだ早朝というのに、テントはすでに被災者でひしめいている。治療にあたっているのは、長崎医学専門学校のわずかばかりの若い医師と学生、それに十名ばかりの看護婦である。だが白衣と看護服に身を固めた彼ら、彼女たちは、医療班の名にふさわしく、痛みにうめく老人をなだめ、悲しみを訴える母親に応答しながら、おびただしい人たちを手際よく治療していく。医師が「おい、もう薬はないのか」と悲痛な声をあげている。ガーゼ、包帯、脱脂綿、消毒薬などみんな不足しているのだ。治療の「順番」などは、ほとんど無意味だった。治療法も薬もない医者たちには、慰めるほかにできることはなにもなかったのである。

泥に汚れ、血糊で固まって、肌までべっとりとへばりついた政子の髪は、ばっさり切り落とされ、血だらけの包帯が取られると左肩、右腕、左脚と、庭先に立っていた時に閃光にさらされた半身は、火傷で褐色に変色し、べろべろと皮のはげた様は、看護婦さえ顔をそむけるむごたらしさだった。だが、治療は消毒と油薬を塗るだけの簡単な応急処置である。注意事項などもくわしく聞きたかったが、救いを求めて後から後からつめかける被災者の悲鳴にせき立てられ、もう次の全身黒焦げの老人の手当てに忙殺されている医師の顔を見ると、なににも言えずテントから離れるほかはなかった。

白い包帯にぐるぐる巻きになった政子は、私を見上げていたが、「変な格好でしょう」と小さな声で笑った。なんとかもっと適切な手当をと心ははやるが、医学知識のない私にはなにもできない。唇をかみながら期待はずれの救護隊を後にした。壕に帰ってからの政子はミルクを少し飲んだだけでやはりなにも食べない。苦しそうな息づかいに額に手をあててみると、燃えるような熱であった。貴重な水を使ったぬれ手拭で額を冷やしてやる。苦しむ政子に「もう少しがんばるんだよ。明日になったらお医者さんを呼ぶからね」とあてにもならぬ気やすめを言うだけで、どうすることもできないもどかしさ。血の気の引いた顔にかすかな笑顔を作ってうなずく政子に、居ても立ってもいられぬ思いだった。

夕闇が迫ると、救護所の周辺には鬼気のような臭気が漂ってくる。テントに運び込んでも薬もなければベッドもない。生きている者もただ寝かされているだけ。昼間は太陽にさらされ、夜は露に打たれた重傷者は次々に死んでいく。死んだ者は土をかぶせられる。ゴザをかけたり、布にくるまれる幸福な人はわずかだった。私たちのすぐそばには、一人の若者が身じろぎもせず、じっと座っていた。うつろな目は乾いた草地のはるか遠くの焦土に向けられている。聞くと城山の文化住宅で被爆したという。飛び込んだ防空壕には肉がちぎれ、男女の区別もつかない死体が溢れていた。探しあてた九歳の弟と四歳の妹は、弟は座ったままの姿で、妹は家の下敷きになって黒焦げの肉のかたまりになっていた。近所の人によると「兄ちゃん、熱いよ。助けて」と泣き叫んでいたという。この空間には、こうし悲劇を背負った人が無数にいる。それらの人を目の前にしながら、慰めの言葉もでない自分が情けなかった。

二、詩情は尽きぬ

不安のなかに四日目にもなると、この救護所にも郡部や近県から近親者や知人が駆けつけ、再会と安堵の歓声がそこここで起こった。それがいっそう私を焦燥に追いやった。

それに「新型爆弾が爆発した地域にいつまでも留まることは危険だ」という噂がどこからともなく流れ、不安はさらに増幅する。こうしたなかで、私はなんとしても今、自分が置かれた状況を知りたかった。街はどうなっているのか、救いの手はどこまできているのか――。その答えを探すため、夜明けを待って壕を出て、浦上が一望できる小さな丘を登って行った。だが、そこからの視線に入ってきた光景に目を疑った。丘から眺める街はまったく一変している。家のない褐色のただ広々とした平地が広がり、その上をまぶしい朝日が照りつけているほか、建物も動いているものもない。燃えるものはすべて燃え尽くしたらしく、ポツンポツンと白い墓石のようにコンクリートの建物だけが残っている。その多くは煙にまかれているが、炎が見えないのは白昼だからだろう。いつも市街を包むように見える稲佐山とそれに連なる山並みが、異様な近さで目の前に迫ってくる。相貌が一変してしまった市街は方角の見当さえつかない。

衝撃を受けて丘を降りると、めちゃめちゃに壊された家の前に出た。家の前の野菜畑には、布団をかぶせられて倒れている老夫妻の姿があった。両手は大地をかきむしり、顔は半分土に埋まっている。そのそばに若い奥さんが三つぐらいの女の子を抱いて泣いていた。聞くと寝ていたその子はそのまま生き埋めになり、もう口を動かす力もないという。慰めの言葉もはばかられる悲惨な姿であった。帽子を取って老夫婦の死体に合掌し、その場を離れた。

崖の下で水が噴き出している水道栓を見つけ、地獄に仏と持参のバケツに水を汲む。屍臭のする水は口許に持っていっただけで吐きそうになるのだ。持ち帰る途中、異様な臭気がたちこめているに気がついた。目をこらすと畑の向こうで薄い煙りがあがっている。近づいてみると、年老いた教師と五、六人の中学生が死体を火葬にしている。鎮西学院中学の教師と生徒であった。

石油をかけられた死体は、まるで消し炭のように燃えあがった。だが、死体を焼く少年たちのなかに涙を流している者は一人もいなかった。ただ黙々と死体を焼いている。打ち続く異常事態のなかでは、もはやまともな感情さえ失われているのだ。教え子の安否を尋ねて、市街から四キロメートル近くの道を危険を侵して歩いてきたという老教師は「これが神のご摂理じゃろうか」としぼり出すようにいった。鎮西学院はカソリック系の中学校で、戦争がはげしくなるにつれ、キリスト教の倫理や聖書による人格教育は、敵性謀略と決めつけられて礼拝は禁止され、外国人教師の追放、軍事訓練の強制、宗教行事の禁止など、他の学校以上の圧迫をうけた。その果てに原爆で校舎は焼かれ、破滅されてしまったのである。

焼け跡に戻ると、生臭い水に悩まされていた隆ちゃんはバケツに武者ぶりつく。が、肝心の政子は「ありがとう」と一口水を含んだが、すぐ吐き出してしまう。なけなしのミルクの缶を開け、水で薄めて飲ませるがやはり駄目。黄色の液体とともに吐き出してしまう。「なんにも飲まないと死ぬよ」と思わず叱るが、「でも欲しくないの。ごめんね」という悲しそうな目に合うと言葉が出ない。

あちらこちらの焼け跡から白い煙が白々と立ち上ぼっている。焼死体を一か所に集め、焼け残った柱や板などと積み上げて火葬にしているのだ。棺などはもちろん、屍体を覆う筵もない。両親、兄姉の屍体を焼く幼い弟妹の姿は見るに忍びない。夜になると、にわか作りの火葬場の炎は夜空を赤々と照らした。

太陽の熱射が絶えず水を要求するので水を汲みに行かねばならないし、食事の用意もしなければならない。しかし、慣れぬことばかりで時間ばかりかかり、またたく間に夕方になる。やっと食事を終わるともう夕闇。冷たい月が岩屋山の上に低く光っている。

三、逃避行

悲劇と落胆にうちひしがれている私たちにうれしいニュースが届いた。浦上天主堂の東奥に位置する三山に、長崎医大の本格的な救護所が開設されたというのだ。三山には谷に囲まれたいくつかの部落があり、爆心地とは金比羅山、天竺岳に遮られて大きな被害は受けていない。それに医大にも近い。後で聞いたが、部落内の六枚板には古来から火傷に効くという鉱泉があり、大学側には患者の治療に使いたい考えもあったという。万一、誤報であってはと、私自身が崖下の救護所まで行って確かめたが間違いない。俄然、元気づいた私は計画を立てた。まず政子を診療所に運んで治療を受け、多少でも快方にむかったら、道の尾に出てそこから汽車で大村に行くという段取りだ。

この計画の実行のためには、なによりも応急手当てだけの政子を専門の外科医にみせなければならない。医大救護所はまたとない救いの手だが、問題は弱り切っている政子を抱え、医大の診療所がある三山まで二キロメートルもの焼け跡を徒歩で踏破する難行軍だ。しかし、それがどんなに困難だろうとやりとげねばならない。覚悟を決めた私は、焼け跡で最後の食事を乾パンですませると、最少限度の手回り品を荷造りした。米一升、缶詰三個、ミルク缶一個、お茶サイダー瓶二本と水筒二個、小布団一枚、リュック一個、バッグ二個。すっかり準備を整えてから板切れを拾ってきて、万年筆で「米原政子負傷、井手隆健在。避難先三山・長崎医大救護所。十二日午後三時」と記し、杭で焼け跡の真んなかに立てる。

「さあ、行こう」――私は食料品その他がぎっしり詰まったバッグを両方の肩からかけて政子を背負い、リュックを背負って歩く隆ちゃんを励ましながら、思い出深い焼け跡を出発した。

難行軍の私たちに灼熱の太陽は今日も情け容赦なく照りつけ、痛めつける。背負われた政子はぐったりと力なく私の肩に全身を預け、時々苦しそうにうめく。小さな隆ちゃんも重いリュックをたくしあげながら歩くのがやっとだった。死骸を焼く火がいたる所で小さな煙をあげ、道端に投げ出された家具や柱、倒れた木が行く手をはばむ。

川端の国道にある家並みはすべて倒れ、並木は焼けただれている。五年間通い慣れた通学路。冬の朝ぎりが川面一面にはい、息を凍らせつつ歩いたこの道も、今はただ黒焦げの死体が続く地獄の道であった。崩れ落ちた城山国民学校の校舎の残骸がことさら近くに迫って見え、形らしいものをやっと留めている山里国民学校の痛々しい姿は、アクロポリスの廃墟を思わせた。

大橋のたもとには二台のトラックが止まっていて、瀕死の重傷者を収容すると警笛を鳴らして走り去った。後には身動きもできない重傷者が怨嗟のうめき声をあげ、息絶えた死体が折り重なっている。そうした地獄絵図を横目に、私たちはただ黙々と歩いて行った。道は倒壊物でますます狭くなり、崩れ落ちた家や倒れた電柱で、歩くのは一層困難になる。「もう歩けない」とべそをかく隆ちゃんを叱ったり、励ましたりして道なき道を歩く。息はつまり、このままここに座り込めたら死んでもいい、との誘惑をはねかえすのにどんなに歯を食いしばったことか。ぎらぎらと輝く太陽を遮るものとてない大地は熱気で灼熱し、用意した二本の水筒の水もたちまちなくなってしまった。

突然、サイレン。道端の溝に飛び下りて伏せる。もう一度爆弾を落とされたらなにもかもお終いだ。しかし、だれの顔にも恐怖の色はなかった。みんな死に対する感覚が麻痺しているのだ。はるか高空にキラリと粟粒《ぞくりゅう》のように輝きながら敵機が飛ぶ。止まっているようなその鈍い動き。だが、爆撃の効果を偵察にきたらしい敵機は、なにごともなかったように去って行った。

道端の溝から立ち上がって、気を取り直した私たちの行進が再びはじまった。マリア学園の破壊し尽くされた廃墟を横手に見ながら山へ山へと登って行く。やがて赤茶けた焼土が尽き、次第に緑の木立ちが現れた。空を仰ぐと両側から夏の山が青空をはさみ、白雲が過ぎる。真夏の太陽に輝く濃緑の葉と涼風にそよぐ緑樹の鮮やかさ。私たちがこの三日間すっかり忘れていた色彩である。胸いっぱいに息を吸い込むと、生命感が胸底に沸いた。

汗まみれの私の背に負われ、頭上から太陽の直射を浴びている政子は、やはりうめくだけで、意識がはっきりしない状態が続いている。時々体を揺すってみなければ不安で、絶え間なく話しかけた。「がんばるんだよ。もうすぐ着くからね」「そら、もうすぐ病院だよ」――。だが、私の声が政子に理解できたかどうか。偵察を兼ねて五十メートルほど先を歩いていた隆ちゃんが歓声をあげて駆けてきた。「わッ、バンザイ。すぐそこにテントがあるよ」と、へばりつきそうな私も思わず足どりを速めた。着いた！　やっと着いた。救護所のたどり着いたのだ。

四、再び救護所へ

やっとの思いで到着した救護所は、予想どおり救いを求める怪我人で阿鼻叫喚である。私は木立ちの日陰に政子を下ろし、隆ちゃんを休ませると、もう疲れ切って地面にへばりつき、これ以上は動けなかった。弱り切った政子を抱え、敵機の来襲におびえているのは確かに不安だった。しかし、目に見えるほど弱っている政子をこれ以上動かすのは無理な相談だった。焦れる心を抑えながら、私は陽が落ちて涼しくなるまで待とうと心に決め、押し合いの人と荷物にもまれながら、木の下に空き地を確保した。小布団を広げて政子を寝かせ、隆ちゃんは頭だけを布団の端に乗せて寝かせた。疲れ切った隆ちゃんは淡い星空のもとで、湿気が体に伝わるのもお構いなしに、数分たつともう寝息を立てる。

朝から曲げ通しで硬ばっていた腰をさすりながら、ごろりと草の上に寝転がると、私もいつの間にか眠っていた。それは「昨日、穴弘法にきてから初めての眠りらしい眠りだった。だがその眠りも束の間だった。ふと人の気配を感じて目を開けると、国防色の割烹着を着て、赤ん坊を抱いたおばさんが目の前で笑っていた。そして「これを怪我人に飲ませなさい」と貴重な牛乳を二本もくれた。隆ちゃんは喜んで飲んだが、政子はかぶりを振って飲まない。

聞くとおばさんが抱いている赤ちゃんは隣の家の子で、お母さんの手で防空壕の一番奥に入れられていたので助かったのだそうだ。だが母親は爆風と全身火傷で即死。赤ん坊はそうした悲劇など知るよしもなく、おばさんの腕のなかできょとんと笑っている。

少しばかりの休養で幾分元気を取り戻した私は、政子を抱えて診療所のテントに行く。外の騒々しさにひきかえ、テント張りの診療所のなかは、カンテラの光がほの暗い影を落とし、強い消毒薬の匂いとしんとした気配が緊張を呼んだ。

治療にあたっていた背の高い老練そうな医師は、世なれぬ私のしどろもどろの挨拶を片手でさえぎり、外科医らしいてきぱきさで政子の手当てをはじめた。急造の板張の診察台に横たわった政子は、ほとんど意識がないようだったが、体にくっついた包帯をはぐたびに「痛い！　痛い！」と悲鳴をあげる。「もう大丈夫だよ。先生に診てもらっているんだよ」と政子の手を握ぎりしめながら力づけた。包帯を取り去って全裸になった政子を眺めた先生の目に、驚愕が走ったのを私は敏感に感じ取っていた。応急手当ての薬がどろどろと肉に食い入っている政子の火傷は、素人の私の目にさえ皮膚の機能を失っている。「人間は体の三分の一が火傷したら死ぬ」という言葉が頭をよぎった。だが、政子の火傷はどんなに縮小してみてもそれ以上なのだ。しかもたった今、治療していた中年男の背中の焼け傷が、落ち着きを感じさせたのに比べて、政子の火傷は目をそむけさせる凄さであった。

全身を消毒し、塗り薬で湿布をして油紙をあて、その上を二つに裂いた晒《さらし》の幅広い包帯で包まれた。それが治療のすべてだった。医専救護所の手当と変わらない簡単な処置に、私は不満だった。だがそれがその時点での精一杯の治療だった。後日、判明したことだが、放射能による火傷は、当時の日本の医学界にとって初めての経験であり、治療法も手さぐりでしかなかったのである。

その時、またあのいまわしい「空襲！」の叫び声がした。疲れてテントの片隅にうずくまっていた隆ちゃんが、目の色を変えてしがみついてくる。外では人々の走り回るざわめきとメガホンのダミ声。先生の指揮で政子をタンカに乗せたまま診察台の下に入れて、カンテラの灯りを消し、私たちは外に出て岩かげにぴったり体をくっつけて息をひそませる。夜気に冷え冷えした土の香りと血の臭いがぷーんと鼻をつく。防空頭巾のなかに首をすくめている隆ちゃんは、恐怖の色を一杯目に浮かべて、口もきけずにふるえている。

動ける人はみんな木陰や岩の間に退避して、地面に点々と残っているのは動けない重傷者だけである。しかし、どんなところに身をひそめようと、あの爆弾がもう一度落とされたらなにもかも灰になってしまうのだ。「死ぬ時はどこにいても一緒だ」という開き直りが逆に心を落ち着かせる。

やがて敵機来襲は誤報と判明、ホッとして診療所に帰ってみるともう先生は戻っていて、医大生を指図して政子のタンカを運び出すところだった。カルテを長いこと見ていた先生は、心配そうな私になんの判断も言わず、「できるだけのことはする。大事にしたまえ」と慎重な言葉で言った後、「あの人は君の妹さんかね」と尋ねられる。とっさのことで返事ができず「は、いえ……」と言葉を濁してしまった。

岩と立木に挟まれた平地に夏布団を敷いて政子を横たえると、辺りはもう真っ暗闇である。わずかな星明かりを頼りに手持ちの夕食をぼそぼそ食べていると、先程の親切なおばさんがやってきて、塩まぶしのいり大豆を一掴みくれた。被災者同士が互いにいたわり、助け合うやさしい心使いは、この闇のなかで光明のような暖かさだった。

夜更けに覆いをつけた懐中電灯の鈍い光とともに医師が巡回にくる。一団となって寝転んでいる私たちを見つけて近寄ると、政子の様子をちょっと調べてから消毒、用便の始末など細々としたことを親身な態度で指導してくれた。「今夜はもうこないが、変わったことがあったらいつでもきなさい。あのテントにいるから」と肩に手をおいてやさしく言い残して闇のなかに消えていった。

五、死霊の夜

夜は次第に更けてゆき、静けさが増してくる。遠く近く、わが子、わが親、わが父を呼び続ける人々の声が、肺腑をえぐるように聞こえてくる。「灯火管制に注意して下さい」と叫んでいた警防団員の声もと絶え、死臭がただよう山あいの夜はただ静寂で、上りはじめた月が政子の青白い顔がほのかに浮かびあがらせた。苦し気な吐息が耳をつくが、手のほどこしようもなく、水筒の水を使った濡れ手拭で頭と胸を冷やしてやるしかなかった。時々、手首を握って脈拍をみるが、その鼓動のたよりなさが気になる。どうしようもない無力感に暗い気分に陥る。突然、政子が口から黄ろい液体を吐く。水筒を手にすると空っぽ。真っ暗な木立ちのなかを探し歩いて、やっとの思いで水を汲みあげ、帰ってくると隆ちゃんがむずがる。みんながようやく静かになったころには、短い夏の夜はもううす明るくなっていく。

夜が明けるとまた昨日にも増した酷暑が襲ってくる。街の火災はもうすっかり治まったが、それに代わって街中いたるところで屍を焼く煙が立ちはじめた。それでも放置された死体は炎天に腐敗し、屍臭はいっそう激しくなっていく。被爆後もう五日目。食糧もほとんど底をついてしまった。診療所の近くで炊き出しの握り飯を配給するというのでもらいに行くと、お握り一個と沢庵二切れ。これだけではとても足りない。政子にはミルクを与え、隆ちゃんには乾パンをかじらせ、私はボロボロになったお握りを水で胃に流し込んだ。

「岡橋さん」木立ちの間から寄ってきた女の子を見ると、活水高女の十字の校章をつけている。色白の笑顔と綺麗な歯並びに見覚えがあった。政子の「年下級生で崖下に住んでいた井手敏子さんだ。お母さんと兄さんを探しているという。彼女と別れてからも、頭の包帯とほの白い顔は焼きついて離れなかった。母と兄を運よく探し出すことができただろうか。

午後の回診に先生は、最初に私たちのところにこられた。すぐ隣に寝ている少年はもう目をすえて、体全体で荒い息をしている。われわれの目から見ても容態は悪化している。先生も看護している母親らしい人に「気をつけて下さい」と注意される。政子を診る先生に「食欲はなく、時々、黄色い液体を吐きます」と昨夜からの容態を話すと、右手に注射を打って「これで止まればいいのだが……」と沈痛な表情でつぶやいた。すっかり憔悴して蒼白になった政子の顔は正視にたえない。「輸血はどうでしょう」とすがる思いで尋ねると何人もやったが駄目だったとのこと。重傷患者のほとんどは白血球が極度に減少し、嘔吐、出血、下痢、高熱の共通の症状がみられるという。医師は「今度の爆弾による火傷は今までに例のないもので、現在のところ治療の方法がない」と首をふると去って行った。私たちがその悲惨な火傷が放射能という悪魔の仕業と知るのは戦後のことであった。

またいまわしい夜が訪れ、静寂が死神のようにしのび寄ってくる。隣の草むらのゴザには、おばさんと赤ちゃんが寝ている。この赤ちゃんも母親を失ってからもう五日、かわいそうにおばさんの腕のなかで泣き寝入りしてしまう。無心に眠るみどり児の寝顔はいとおしい。

第六章　夏の花

言え！　人殺しはだれだ　〈ソフォクレス〉

一、生と死と

幾日経ったろうと考える。夜が迫ってくると、辺りには鬼気がもやのようにたち込める。午後から苦しみ続けていたとなりの少年の容態は急に悪化した。知らせを聞いて医師が看護婦を連れて駆けつけてくる。広げられた医療バッグのなかから薬品が取り出され、治療が施される。たが少年の鼻血は止まらない。医師が鼻の孔にガーゼをつめると、今度は口から吹き出し、苦しみで大地を転げまわる。鎮静剤が注射器で腕にさし入れられると静かになり、土色の顔に幾分生気が戻った。だがそれは束の間の小康で、のどをかきむしったかと思うと口から血の塊をいくつも吐き出す。呼吸は逼迫し、瞳孔は大きく開いて臨終が迫っているのは明らかだった。母親はなんとか助けてと周囲の人にすがったが、われわれになにができよう。母親の視線に合った医者の目が「絶望です」と答えている。少年に取りすがり、狂ったように大声で泣き叫ぶ母親を、私たちはただ見つめるだけであった。少年はふるえ、力を失い、そして目を閉じた。医師は口を開いて薬を流し入れたが、もう反応はなかった。駆けつけた神父が彼に額に触れようとすると、少年は目をひらき、小声で「神父さん、こんにちは」つぶやいた。少年の息はさらに険しくなり、手が空をまさぐった。真っ赤に目を泣きはらした母親がその手をしっかと握ると「カァチャン」という細い声が最後だった。少年の眼光はかき消えるように失われた。神父の目には涙が溢れていた。人間はやすやすと死にはしない、という言葉を思い出した。だが、やすやす死なないにしても、人は必ず死ぬのだ……。

われに戻った私は、反対側に寝ている政子にかけよって手をにぎった。政子は、はぁはあと小鼻を細かく動かしながら私を見つめていたが、「元気を出すんだよ」という私に、「えぇ、大丈夫よ」ととぎれとぎれにつぶやき、うなずくとまた目を閉じてしまう。

夜は握り飯と缶詰（大豆、くじら、こぶのこった煮）を食べ、政子には近所の人にもらった宝物のような瓜をむいて食べさせる。今までなにをやっても受けつけなかった政子も瓜だけはうまいとうなづいて食べるのでありがたい。やがてまた夜。夜はこりこりだ。夕闇が迫ると背筋が寒くなる。

二、ついに息絶ゆ

今夜は異様に明るい月が山陰に顔をのぞかせ、地上を白々と不気味に照らしている。

疲れきった頭脳と体力のなかでは、すべてが悪夢のなかの出来事のように漠然とした形でしか浮んでこない。夕方から眠りこけていた政子が、夜が更けるにつれて昏睡状態になった。時々言葉にならないうわ言をもらしていたが、吐く息が静寂な空気のなかで響くほど荒くなり、ふっと息が止まる。ハッとして揺さぶるとまた小刻みに息をする。

「おばさん！　お医者さんを呼んできて。もう死にそうなんです！　早く！」血相を変えた私のただならぬ気配に隣に寝ていたおばさんは、はじかれたように飛び起きて暗闇のなかを駆け出して行った。政子の上にしゃがみ込んで体を揺する。かすかに目を開けるがまたすぐ閉じるので、「しっかりするんだ。目を閉じてはだめだ」と狂ったように揺さぶった。痛みに目を開けて「痛い」と悲鳴をあげてくれたほうがどれだけ心強いことか。痛みもなにも感じないように昏睡していた政子がぽっかり目を開けた。私はかがみこんで政子を抱きあげ、水を少しだけ口に入れた。だが、ほとんどが頬からしたたり落ちた。「がんばるんだ」せき込んで顔を寄せた私をじっと見上げていた政子の口がかすかに動いた。口もとに耳を近づけたがなにも聞こえない。

「……」

かすかな言葉が私の鼓膜を打った。はっとして、政子の顔を見たがもう目をつむって動かなくなった。とぎれ勝ちの呼吸は刻一刻と乱れていく。しーんとした辺りの空気は一層静まり返って物音一つしない。あわただしい足音とともにおばさんにともなわれた医師がやってきた。脈拍を確かめ、目を調べ、全身を診察した医師は、私のほうをふり向くと深い目で首を左右に振った。

目の前が真っ暗になった。政子が死ぬ。頭が真っ白になった私は政子の手を握った。握りしめた手のなかで、脈拍はやがて次第に小さくなってゆき、白い細い手はもう肘から上まで人の温かさは失われている。青白く憔悴した政子の横顔を見ているうちに、涙がにじみでて政子の胸の上に落ちた。今は息さえしていないような乾いた小さな唇……。昨日まであんなに苦しみ続けていた政子が、今日はなんという静けさなのだろう。

政子を苦しめた病根は今、その肉体とともに朽ち果てようとしているのだ。脈拍は強くなり……、弱くなり……、トトト……と、消えようとしては消えず、思い出したように強くなる。滅びゆこうとする肉体に対して、ともすればためらい勝ちな政子の意識があわれであった。政子よ。君はこれから永く暗い旅路をただ一人で歩まねばならぬ。寂しがり屋の君にはどんなにつらいことだろう。政子の手が静かに動き、なにかを探している。

「僕だよ。分かるね」

手をとって頬にあてた。もうすっかり生気を失なった唇がかすかに動く。

「ご……め……ん……な……さ……い……ね」

それだけ言うと、細い手を胸の上に落してまた目を閉じた。大声も出せないほど内気でやさしかった君が、だれにどんな詫びをしなければならないことがあるのか。詫びなければならないのはこの私だ。なに一つ満足な手当てもしてやれずに、こうして君を死なせようとしている私だ。私は政子をしっかりと抱いていた。離すことができなかった。やがて涙がその顔を伝わって落ちた。政子の腕の力が弱まっていくのを感じた。指をかすかに曲げたその腕が、胸の上に力なく落ちていった。くもった目で政子を見つめながら、私はさらさらとした髪をなで続けた。午前一時、時計の針がきっかり一時を指した時、今はただ一つの頼みの綱として必死にすがっていた息が切れてしまった……。

今まで押し殺していた感情が一時に爆発し、頭のなかで渦巻いた。閃光を受けたあの瞬間から屍を見てもたじろかず、たけり狂う猛火にもひるまず、ただ一途に政子を探して駆け回ったその報いがこれだったのか。悲しみと落胆で思考を停止してしまった頭に、この四日間の言語に絶した出来事が浮かんでは消え、消えて浮かぶ。劫火、焼死体、死ぬ思いの捜索行。驚愕に立ちすくんだ山里の家の焼け跡。そして政子を探しあてたあの喜びの瞬間。かって経験したことのない試練のなかで私自身の能力以上の力で動き、働き続けたその結果が政子の死なのだ。隆ちゃんも泣きじゃくりながら私の腕にしがみついてくる。

最後まで政子につき添ってくれたおばさんも「かわいそうにね」と声を詰まらせ、あとは嗚咽になった。苦しさに握りしめられた細い手はおばさんによって胸の上に組み合わされた。瞼は軽く閉じられ、熱に乾いた唇はかすかに開いて、笑みさえ含んでいる。うそのような和やかな顔であった。覆いをつけたろうそくの灯が風にかすかにゆれ、辺りをぼんやりと浮かび上がらせていた。

政子の死顔を見つめていた私は、警防団員の声に現実に呼び戻された。親切にもシーツを持ってきてくれたのだ。その白布の上に政子の遺骸は横たえられた。死体をくるむ布はもちろん、今際の際をみとる人もなく、野ざらしにされたままの人が多いなかに、シーツに包まれる政子はまだ幸福なのだ——と自らに言い聞かせる。

政子の遺骸に手を合わる周囲の人たちを離れて私はそっとテントを出た。外は今夜も美しい星空だった。オリオンの彼方に北斗星がうるんだように輝いている。地上の悲しみをよそに、なんと美しく静かな夜空だろう。ギリシャ神話のペガサス、アンドロメダ。その美しい姿は変わらない。だが政子の声はもうこの世にないのだ。恐ろしいほどの星空の下に私はいつまでもたたずんでいた。

三、火葬

頭のなかが空っぽになった私は、死んだように一夜ぐっすりと眠った。目が覚めた私はぼんやりと空を眺めた。体より頭の方が疲労しているのだが、ふしぎに冴えていた。政子の顔には白いガーゼがかぶせてある。そっとガーゼを取って顔を見た。透きとおるような白さが痛いほど迫ってくる。爆撃で倒れて以来、「死ぬ時は一緒にいてね。一人にしないでね」と言っていた政子。両手で頬をなでてやると、冷たい感触が両の手から伝わり、新たな悲しみを呼ぶのだった。「大変だったのね」と年配の女の人が声をかけた。だが私は一人でテントの外に出た。今はただ一人にしておいて欲しかった。疲れ切った頭で私は焼け残った木立ちのなかをあてもなく歩いた。

帰ってくると、おばさんが遺体を整えていた。政子の遺体を見ると、私の体は凍りついたように動かず、おばさんにまかせる以外になかった。おばさんは鉄帽に水を汲んで政子の体を拭き、包みのなかに入れておいた高女の制服を取り出して着せてくれた。まるでいそいそと晴れ着を着ているような穏やかな政子の顔だった。四日間、私たちとともに言語の絶する逃避行を続けた隆ちゃんも小さな手を合わせて合掌を捧げている。五つになったばかりの隆ちゃんのいじらしいしぐさが涙をさそった。

人が死んでも死体を処理する火葬場もない。なにもかも一切が廃城になっていて、火葬も野天で自らの手で行わなければならなかった。医師からノートの切れ端に書かれた死亡証明書をもらい、新しいシーツに死体を包んだ。せめて政子の家の焼け跡で火葬にしようと思った私は、なきがらを政子の家に運ぶことに決めた。私たちの苦況を察した警防団員が四人、応援してくれるという好意を示してくれた。戸板が持ってこられ、政子の遺体を乗せて彼らが担ぎ、私と隆ちゃんの二人だけの野辺の送りがその後に続いた。あぜ道をとぼとぼと歩く私たちをいたわり、気づかっているのだろうか、連日の強い太陽も心なしか今日は幾分和らいで照る。つい先日、瀕死の政子を背負い、決死の思いで通ったこの道を、今日はもの言わぬ遺体を運んでゆく。木立ちを抜ける風がせめてものレクエイムだった。

下半身を残して廃墟となった浦上天主堂を左手に見ながら丘を越えると、一面に広がった焼け野にはもう炎も煙もなく、澄んだ太陽の光が瓦礫の上に照つけていた。黒焦げの土がむきだしの荒野のなかを政子の家が近づくにつれ、心はまた暗く沈んでいく。だれ一人口をきく者もなく、無言の行進のうちに政子の家に着き、遺骸は焼け跡の真んなかに置かれた。警防団の人々の手で焼け残った二、三枚のトタン板が探し出され、地面に広げられると、その上に遺骸が横たえられた。花飾りも線香もろうそくも読経もない野辺の送りだった。

遺体の上に家具の破片、壊れた箪笥、机の脚などが交差形に積み上げられ、政子の姿はすっかり見えなくなってしまった。体の形そのままに並べられた木片は白々しく私の目を刺した。みんなその前に集まって最後の合掌が終わると、年かさの警防団員がポケットからマッチを取り出して「さ、火をつけなさい」と私に差し出した。マッチを持つ手がすくみ、点火するのに何本のマッチをすったろうか。やがて乾燥しきった材木は激しく燃え立ち、淡い煙が青空にゆらゆらと立ち登っていった。

石のように突っ立っている私を見兼ねた警防団員の一人が肩をたたいて、「ここは私が見ているから、しばらくあちらで休んでいなさい」とささやいてくれた。いたわりはかえって胸につき刺さった。

火葬の現場から少し離れた崖下に降りて腰を下ろし、見るともなしに視線を転じると、畑のなかに政子が大切にしていた本や品物などが散乱している。それらはただの残灰になり、焼け残った何冊かは庭の端まで吹き飛ばされている。「読みたい」というので私が貸した世界文学全集は半焦げになり、大事にしていた京人形は真二つに裂けて土中に埋まっている。焼けた書籍や小物を見ていると、私の回りから愛も喜びもすべてが消え去ったのを改めて思い知らされるのだった。物音ひとつしない静寂が私たちを包んでいた。そばに座っている隆ちゃんも黙念とより添って空を見上げている。青く高く晴れ上がった空を眺めながら、私は過ぎた日々を回想していた……。

四、政子叙情

「あ、きれい」と叫んで政子が、小高い丘のほうへ駆け出して行った。少し遅れて歩いていた私も駆け出して行く。すっかり秋色に包まれた唐八景山の午後である。芝生の上に腰を下ろした私たちは、息をはずませながら眼下の海を見下ろしていた。紺碧の海が見渡すかぎり広がり、青空のなかに明るい緑で雲仙嶽がそびえている。青草の上にあおむけに寝て空を見ていると、胸には限りない希望がわいてくるのだった。草むらのなかに野菊を見つけた政子は、しゃがみ込んで摘んだ。無心に花を摘む政子の姿は、周りの自然のなかにやさしく溶け込んでいた。

浦上天主堂のクローバーの野原、雨に濡れたオランダ坂、そして活水高女の校舎の赤い屋根……。懐かしい思い出は限りなく沸いてくる。雨に磨かれた石畳の上を、下駄を引きずって政子と歩いた春の宵。桜の花が一杯に降りかかっていた夜だった。毎週土曜日の夕暮れに、出島の岸壁で逢うのが私たちの秘密だった。人影のない岸壁のコンクリートの上に座って、学校での出来事や人生論を頬を赤くして話し合ったり、喫茶店の片隅で音楽を聞いたりした。チャイコフスキーの『悲愴』を聞いていたら、急に涙がにじみ出たこともあったね。
私が入営する前日、二人で雨あがりの街を歩いた。たった四十八時間という短い時間が私たちに残された時間だった。お互いに話しておきたいことが山ほどあるのに言葉が見つからず、二人ともただ黙って歩いた。だが、これが私たちにとって最後の夜になるかも知れないと思うと胸が痛く、政子の小さな肩がかすかにふるえていたのを見ると、私は何度抱きしめたい衝動にかられたことだろう。雨があがって星さえ出た諏訪神社のけやきの森の道を歩きながら、私は大木惇夫の『戦友別盃の歌』を口ずさんだ。

言うなかれ、君よ、わかれを
世の常を、また生き死にを、
海原のはるけき果てに
いまや、はた、なにをか言わん……
熱き血潮をささぐるものの
大いなる胸をたたけよ、
満月を盃に砕きて
しばし酔いつつ、気負えよ、

わが征くはバタビヤの街、
君はよくバンドンを突け、
この夕べ相離るとも
かがやかし南十字を
いつの夜か、また共に見ん、
言うなかれ、君よ、わかれを、
見よ、空と水うつところ
黙々と雲は行き、雲は行けるを、

それまでなにも言わずにただ黙ってうつむいて歩いていた政子は、立ち止まって「きっと帰ってきてね」と言って私を見あげた。その瞳には涙がいっぱい浮かんでいた。星明りに涙を浮かべていた政子の姿を、私は今も鮮やかに思い出せる。

出発の夜、駅まで送ってくれた政子をホームの人混みのなかでやっと見つけてかけ寄ると、なんにも言わずに、お守り袋をそっと私の掌にのせてくれた。それを受け取りながら「元気でね」と肩に手をおくと、君はぽろぽろと涙を流しながらうなづいていたね。それからは月に一度の郵便が私たちを結ぶ唯一の糸であり、私の心の支えであった。

帰りける人　きたれりと言いしかば　ほとほと死にき　君かと思いて

ある日の便りに書かれていた万葉古歌はどんなにか私の心を励ましてくれたことか……。

「終わりましたよ。骨を拾って下さい」

警防団員の声が私の回想を中断した。もとの焼け跡に戻ると、もう材木はすっかり燃え切ってしまい、そのなかに貝殻のようにかわいた白い骨があった。政子の肉体はこの世から永遠にかき消されたのである。骨の間に燃えた包帯の布目がくっきり残り、頭に巻いあった包帯の灰が、そのままの形でひとだまのようにふわっと宙に飛んだ。骨壺として持ってきた手あぶりを前にして、箸を持ったままぼんやりしている私を見ていた警防団員が、しゃがみ込むと容赦なく骨を壺に入れた。私はその手をさえぎって、政子の骨を一つずつていねいに骨壺に納めた。

骨壺を用意した白布で包んで抱くと、まだ温かかった。だがそれは生きている人の肌から伝わる柔らかな体温ではない。昨日まで実在していた人の肉体が炎で亡ぼされ、残った最後のぬくもりなのだ。私の両手のなかに抱えられるほど小さくなってしまった政子……、その温かさに私は胸が詰まった。

第七章　鐘は響かねど

見ていてごらん。きっと今に
私たちの時代がくるから。
〈メンデル〉

一、敗戦

だれ一人いない防空壕の上で、私は頬づえをついて座りこんでいた。ぼんやりした頭のなかをいろいろの思いが去来して交錯した。混沌とした世に生きる生身の人間にとって、偶然というモメントがいかに決定的な作用をするかという事実を、この一週間の体験を通じて私は実感させられた。かえらぬ繰りごととは言え、あの日、政子が病気で工場動員を休まなかったら――、他の生徒たち同様に三菱造船所に行っていたら――、彼女は助かっていたのだ。ほの暗い防空壕のなかに政子の骨壺だけ白く浮かんでいる。その壺の肌をなでると、すべすべした手ざわりが政子のやわらかな頬を連想させた。

今日は八月十五日――。うら盆である。長崎ではこの日、提燈で飾った精霊船を作って先祖の霊を送る。若者たちが担ぐ大型の精霊船は中国風に爆竹を鳴らし、ドラを叩いて港まで練り歩く。町々から集まる船の数は数百にものぼり、その明りは深夜まで街並に光の帯を作る。長崎の人々には忘れられない夏のイベントである。だが今年はその船も迎え火も、送り火もない暗闇のうら盆であった。

私はいつまでも悲嘆に暮れてはいられなかった。形だけとは言え、政子の葬儀を終えた私は、被爆の翌日から欠勤している県庁に出掛けた。岩川町、井樋ノ口、長崎駅と焼け落ちた町並みを歩き、ようやく桜町の商工会議所までたどりついた時は正午を回っていた。市役所前の軒下に陸軍大臣の布告が貼り出されていた。それはソ連軍の参戦を報じ、「断じて戦うところ、死中、自ずから活あるを信ず」とあった。

私は突然名前を呼ばれた。見ると、課長補佐の柴田さんが自転車を押して立っている。いつも穏やかな笑みを浮かべているこの人は、今日は緊張し切った顔で、「さっき重大放送があった。急いで防衛本部に集まってくれ」と言い残し、いぶかる私に答えず、「まだ二、三カ所連絡するところがあるので」と自転車を漕ぐとあたふたと大通りに消えて行った。

「重大放送ってなんだろう」

見当のつかないまま私は道を急いだ。廃城となった町並みは、被災した人がポッンポッンと重い足を引きずって歩いているだけで、静まり返っている。やっと破壊をまぬがれた勝山国民学校の前まできた時、異様な人だかりに立ち止まった。一体なにが起こったのか、閃光から一週間、ラジオからも新聞からも隔絶され、被爆後の成り行きをまったく知らない私には事態が飲み込めない。トラックが止まり、降りてきた若い将校を数人の通行人が取り囲んでいる。そのなかの四十年配の男が「どういうわけですか」と血相を変えて詰め寄っている。

「戦争に負けたんだ」「天皇陛下ご自身がラジオ前で詔書をお読みになり、国民に直接、終戦をお呼びかけになった」――将校ははき出すように言った。「日本は戦争に負けた」――右手を三角巾でつるした工員風の中年男は、握りしめた左手のこぶしで涙を拭き、そばの中学生は互いに肩を抱き合って泣いている。

足を宙にして駆けつけた防衛本部は森閑としていた。いやそれは放心状態だった。本部入り口の掩体壕の前には戦闘帽、ゲートル姿の警察官が数人、足を投げ出して座り込んでいる。いつもは部下のそんなだらしのない姿には、目くじら立てて怒鳴る上司の警部補もうつろな顔で空を見上げており、本部から出てきた職員はいずれも感情をなくした夢遊病者のように突っ立っている。そうした人々をあざ笑うように敵の艦載機P40が屋根すれすれに飛んだ。自動車主任の山崎さんが拳を突き上げて「爆弾を落とすのか。落とさば落とせ！」とわめいた。つい昨日まで敵機を見ると、一目散に防空壕に逃げ込んだ人々は、今日はだれも反応せず、ただぼんやりと空を見上げているだけである。急転した事態に、すべての人が対応するすべを失い、魂の抜けた案山子のように呆然自失しているのだ。

壕の入口で日の丸の鉢巻きをした若い将校が二人、一人は拳銃に実弾を込めて立ち木に向かって試し打ちをし、もう一人は日本刀を抜いて大きく頭上にふりかぶって、一、三回素ぶりをすると「オレはこれでいく」と引きつった笑いをした。正気のようで狂っている二人だった。そうした虚脱感と狂気が広がる広場を、電話交換室から出てきた若い女子交換手たちが、恐怖の目で見つめながら不安気に肩を寄せ合っている。

本部のなかでは知事が幹部を集めて緊急会議を開いていた。内政部長、警察部長、衛生部長、経済部長、商工部長、官房長——。どの人も経験したことのない敗戦の意味をどう受けとめてよいのか、ぼんやりと噛みしめているような顔だった。会議に出席していた野田秘書課長によると、特高課長が「内務省に連絡をとるが『陛下の玉音放送のとおり』という返事だけで詳細はまるで不明」と報告していたという。軍も行政も機能が完全に麻痺し、混乱の極にあった。

副官室では柴田補佐が黙念と腕を組んでいた。彼は「これから先、日本は一体どうなるんだ」とぽっりとつぶやいた。それはだれもが知りたいが、だれにも分からない命題である。連合軍は日本にどんな報復を加えようとしているのか。この混乱のなかに敵軍が攻め込んできたら、どう立ち向かえばいいのか。戦いが終わり、焼け跡に投げ出された私たちはどうなるのだろう。

だが私は心に渦巻く敗戦の悲憤と不安の片隅で、心の奥底に広がる真実の思いを否定することはできなかった。それは今、降伏するのなら何故もう一週間早く戦争を終わせなかったのか、という恨みの感情であった。もう一週間早く戦争が終わっていたら、政子は死なずにすんだのだ。祖国が戦争に敗れ、全国民が悲嘆の最中にある時、私はこの日が何故もう一週間早くこなかったのかと、だれにも言えない怒りを天にぶつけた。

やがて敗戦の現実が原爆の打ちひしがれた人々に追い打ちをかけた。どこからともなく米軍は日本人をみな殺しにするのだ、奴隷にするのだというデマが流れ、辛うじて生き残った市民を新たな恐怖に追いやった。国道筋にはおびえ切った人々が焼け残ったわずかばかりの家財道具をリヤカーや大八車に積み、山を目指して逃げて行った。汽車も焼け落ちた長崎駅に代わって臨時に作られた大橋の停車場から動き出していたが、ここには早く逃げたい一心の人々が形相を変え、先を争って群がり、乱闘騒ぎを展開していた。

こうした不安定な土地にいつまでもぐずぐずしているのは心細い。なによりも私は隆ちゃんを両親のもとに無事に送りとどけねばならない責任がある。脱出を決意した私は、大波止の自宅の防空壕に引き返すと出発の準備をした。さいわい警察部の好意で島原の隆ちゃんのお父さんに連絡がついたので、長崎本線の列車に乗り、諫早で渡した後、私はそのまま肥前山口へ向かうことに決めた。うまく列車の接続があれば、夜には両親の待つ佐賀県北方町の伯母の家にたどり着けるだろう。隆ちゃんは懐かしい両親のもとに帰れるというのではしゃぎまくっている。

二、青空の涯に

避難民で満員の長崎線上り列車の最後尾車に私たちは乗っていた。隆ちゃんは前の座席ですやすやと眠っており、私は膝に抱いた白布の骨壺をぼんやりと見つめていた。防衛本部の上司、同僚や近所の人たちも最後まで親切にしてくれた。川崎さんはとっておきの白米を炊いてお握りを作ってくれ、魚網家のおばさんは新しい子どもの下駄を持ってきてくれた。隆ちゃんが焼け跡で拾ったボロボロの草履をはいているのを見たらしい。見送りの人たちの慰めの言葉に送られて、私たちは長崎駅を出発した。

諫早の駅には隆ちゃんのお父さんが出迎えにきていた。まだ動いている列車から目ざとく父親の姿を見つけた隆ちゃんは「おとうさん！」とカン声をあげて飛び下りると、しがみついていった。お父さんから丁重なお礼の言葉をいただくと、さすがに肩の荷を下ろした安堵感が胸に広がる。「ニイチャン、ありがとう」とホームから手を振る親子の姿が次第に見えなくなると、一人ぼっちの寂寥感が改めて心を吹き抜けていった。政子は冷たい白布の壺に収まって私の胸に抱かれている。この一週間は私たちにとって生涯忘れることのできない異常な体験の日時であった。幼い隆ちゃんには成長した暁、またとない貴重な経験として記憶に残るだろう。だが私には生涯いやすことのできない傷として残るのだ。

けだるい振動とともに、魂の抜けたような私の体を窓辺に支えながら、汽車は有明海の岸辺に沿って次第に緑を増す風光のなかをゆっくりと進んで行く。親切なおばさんの手で防空壕から助けだされた赤ちゃんも政子が死んだ日の夕方、息を引き取り、おばさんと二人で、政子と同じように火葬にした。夕日があかあかと照り、赤ちゃんの燃える火が、その夕日と同じように私のまぶたを赤く染めた。昭和二十年の春に生まれ、八月十三日に死んだ赤子。この子は平和な日を一日も知らないまま、たった五カ月の短い生涯を閉じたのだ。おばさんは「子どもは賽《さい》の河原で石を積むと生まれ代わるそうよ。石を積んで必ず戻ってくるんだよ」と泣きながら手を合わせた。

浦上の人は隠れキリシタンの時代から神の試練に慣れていた。生贄になることを常に教えられていた。それが長崎の心だった。だが、原子爆弾の試練はあまりにも残酷非情であった。私たちは無知だった。原子爆弾は単純なものではなかった。それは大地の奥の奥までもぐりこみ、人々の骨の髄まで浸透して、あらゆる生命力を破壊せずにはおかぬ、恐るべきものだった。地下壕や建物の陰にいて、奇跡的に火傷をまぬがれたことを、手を取り合って喜んだのも束の間、原爆の前にはそんな安易な奇跡は許さるべくもないことを知らされた。

閃光の日から一週間が経過しても、悪魔はその魔手を緩めず、浦上一帯の人々に死の影が忍び寄っていた。無傷や軽傷で奇跡的に助かり、死の危機は去ったと思っていた人々に、放射能がおおいかぶさっていた。顔色はドス黒くなり、髪の毛は一夜にして抜け、鼻や口から血を吐き、苦しみ抜いて次々に死んでいった。こうした悲劇が何日も続いた。そして私とかかわりのあった多くの善良な人たちも、あの日を境にして煙のようにこの世から消えてしまった。

列車の振動にゆさぶられながら、私は車窓からぼんやりと空を見上げた。壊れたガラスの代わりに板で覆われ、小さくなった窓からは四角に切り抜かれた青空が見えた。戦争の終わった空はどこまでも青く澄んでいた。それは悲しいような、それでいて心にしみる青さだった。私はその青空のなかにかすかな鐘の音を聞いた。それは倒壊し、もう聞くことができなくなった浦上天主堂のアンジェラスの鐘の音だった。空いっぱいに沸き立つように広がり、天の涯に流れる夏の雲を私はいつまでもながめていた。

あとがき

被爆者には共通した思いがある。それはあの地獄図のなかで、救いを求める人たちを助けることもできず、自分だけが生き残ったという罪悪感だ。その負い目が生き残った者の口を重くする。

無数の死体を乗り越えて行った時、死んでいると思った被爆者が近づいた私に焼けただれた手を伸ばし、すがるように私を見つめたあの目を私は忘れることはできない。私には助けることなどできるはずはなかった。誰もがパニック状態だった。だが助けなかった自分に、人間としての心の痛みをずっと引きずっている。同時に「自分たちの犠牲を無駄にしないでくれ」と、絶えず死者の声がよみがえってくるのだ。

心に残る遺書と臨終の言葉

最近、親しい友人たちから長寿の祝いに、と置時計を送られた。ありがたいことである。だが感謝の半面、「すかんぼ」を舐めたような気にもなった。人間、七十の坂を越えると、歳のことはあまり考えたくない。ただ、のんびりと一日を過ごしたいというのが本音だ。その酔生無死の境地を突然たたき起こされたような狼狽があったからである。

とは言え、気がついて辺りを見回すと幽冥《ゆうめい》ことにした先輩、友人は十指に余る。親しかったあの顔、憎たらしかったあのツラ。彼らとの出来事をあれこれ想いおこすと、やがて「もうぼつぼつオレの番かなあ」としんみりと思考の終点にたどり着く。死を観念し、意識すると、やたらに目につくのは先人が残した遺書と臨終の言葉である。

古今東西、遺書には名文、珍文が数々ある。名前は失念したが、ある公団の総裁は、友人一同あてに「長らくお世話になりました。一足お先に参ります。あちらで早いお出でをお待ちしております」との遺言書（?）を配布したそうだ。こんな意地悪ジイサンは論外として、これまで見た遺書の中で一番心を打たれたのは、鹿児島県知覧の特攻平和記念館と、「はるかなる山河に」（東大戦没学生の手記）で見た二人の特攻隊員の遺書である。一人は、

――最後に大声で呼ばせていただきます。

　お母さん、お母さん、お母さん――

もう一人は、

――これから出撃します。死ねば生きていては出来ないことが出来ます。皆さんは
　長生きして下さい。生きていなければ、出来ないこともたくさんあります――

国家が暴走したら個人は無力である。納得できぬまま死に追いやられた彼らの無念さ、切なさを思うと涙を禁じ得なかった。

当時、私より数歳年上の若者の多くは、特攻隊員に志願し（させられて）、若い命を散らした。そのころの若者の死生観は「人生二十五年説」だった。戦場に行って二十五歳までにお国のために死ねというのである。残った私たちの学生生活も学業どころではなかった。連日、軍需工場に狩り出されて、戦時標準船（戦標船・資材不足のため、満足に航行もできない粗悪な輸送船だった）の建造に追いまくられた。やがて沖縄が米軍の手に落ちて、米軍の本土上陸が必須になると、こんどは迎え撃つための陣地構築が私たちの新たな任務になった。ショベルとモッコだけで、汗にまみれて塹壕壕を掘り、土嚢を築いた。

ある日、視察にきた軍の参謀は「十人一殺。これでいけば、一億の国民で一千万の米

兵を殺せる。アメリカが勝てるわけがない」と高笑いした。当時の軍の高級将校はこんな算術をしていたのである。

私ももう少し早く生まれていたら、特攻に狩り出されて「名誉の戦死」を遂げていたろうし、終戦が半年ズレていたら、南九州の浜辺で米軍を迎え撃ち、間違いなく玉砕していたに違いない。人の運命とはまことに微妙である。

司馬遼太郎は「昭和二十年八月十五日以後は余生」と言ったが、出撃しなから不時着して一命を取りとめ、終戦を迎えたある特攻隊員は、「一番辛かったのはなにか」と問われて、「生き延びてよかったですね、と言われることだった」と重い口を開いた。われわれ戦中派は、あの戦争で死んだ同世代の若者を思う時、いつも後ろめたさを感じるのだ。

臨終の言葉にも数多くの名言が残されている。ゲーテの「もっと光を」は今も人口に膾炙《かいしゃ》され、人々の心を打つ。だがカントの「ES IST GUT（これでいいんだ）」は、なんとなく大哲学者の衒気《げんき》が見えて、凡人にはキザに聞こえる。

日本では、胃ガンで死んだ文豪・尾崎紅葉は「とどめを刺せ」と医者に痛み止めのモルヒネを打たせ、西方に手を合わせた。酒仙の若山牧水は「もう一杯飲ませてくれ。それでよく眠れるから」と酒をねだり、幸田露伴は愛娘、文の手を握って「もういいかい」と尋ね、文がうなずくと「じゃあ、死んじゃうよ」と目を閉じた。

東京軍事裁判のA級戦犯で、文官としてただ一人絞首刑になった広田弘毅（元総理、外相）の最後の言葉も戦中派の心には突き刺さる。処刑台にのぼる時、軍人の戦犯たちは「天皇陛下万歳」「大日本帝国万歳」を三唱し、広田にも唱和を求めた。しかし広田は「マンザイは止めときましょう」と断わった。悔悟《かいご》師の花山信勝が「マンザイでなくて、万歳ですよ」と言ったが、広田は笑って答えなかったという。

万歳！ 万歳！ と叫びながら、自分の和外交を押しつぶし、大陸から太平洋に戦火を拡大して、祖国に敗戦の悲況を招いた軍閥。この期に及んでもなお万歳を叫ぶのは、まさに「マンザイ」ではないか。とは言え、心ならずもその軍部とともに処刑される自分もまた「マンザイ」的存在でしかない——、広田はそう自嘲したにちがいない。

だが数多い臨終の言葉の中で、私が一番気に入っているのは、幕末の傑物、勝海舟の一言である。曰く

「コレデオシマイ」

徳川幕府崩壊後は、明治政府の要請を断わり続けて官途につかず、世間を斜に眺めながら生涯を終えた江戸っ子の、いかにも洒脱味溢れる一言ではありませんか。

岡橋 恒夫（おかはし つねお）

1925年1月5日、長崎県長崎市元船町17番地に生まれる
1952年、時事通信社に入社。主に記者として活躍
1993年、時事通信社を退社
2022年8月12日、逝去

『わが原爆《げんばく》の記《き》』

2023年10月12日　第1刷発行

著者　岡橋 恒夫
発行　東銀座出版社
〒171-0014　東京都豊島区池袋3-51-5-B101
TEL：03-6256-8918　FAX：03-6256-8919
https://www.higasiginza.jp

印刷　創栄図書印刷